走進愛情詩界

經典英詩賞讀 + MP3

著｜Richard Lee
譯｜胡菁芬

Contents

前言

文學，是構成人類存在本質一個很重要的部分，而在所有的文學類型中，「詩」給人的第一印象總是披著一層謎樣、難解的神秘面紗。在這種情況下，筆者期許自己能扮演一個文化的傳譯者，解讀由隱喻和轉喻編寫而成的詩歌密碼，藉此介紹詩歌骨幹裡的文化典型與知識轉換。要理解詩句中所透露的明確意義和弦外之音，文化典型和知識轉換是必須具備的歷史基礎。

本書的宗旨是要將英詩介紹給對文學規律、以及英詩的文化典型不甚熟悉的非英語系國家的讀者。為了讓讀者深入探索詩的弦外之音，本書會有詳盡的概要介紹，包括作者的背景、詩的風格、以及詩作分析的具體練習。
我們也鼓勵讀者培養回溯的想像力，如此有助於清楚判斷出詩的特定文化背景，以說明其文學規律和其反映出的知識之間緊密的關係。如此一來，讀者獲得的知識不只是事實，還有詩人想要傳達的觀念（ideas）。

為求清楚起見，本書是依照時代來設計。全書大致劃分為四個部分：

① 十六世紀早期和伊麗莎白時代
② 十七世紀早期與新古典時期
③ 浪漫主義之革命年代
④ 維多利亞時代與二十世紀

書中選出二十位詩人（其中僅一位女性），讓讀者一覽詩歌堂奧及其文化指示物。各位可以悠遊於詩歌的世界，獲得藝術的趣味，更可經由詩的變革，認識以辯證的對立原則為基礎的文學發展史。

本書的主軸定位在愛情的文化想像這個題材上。愛情的文化想像一來是指我們生活方式的構成要素。二來，愛情的題材跨越國家與個人，藉此可讓我們發展出純淨的認同感，並且對愛情典型的轉換有不同的體認。以宮廷詩（courtly poetry）來說，想像中的女性常有雙重視野——同時兼具優雅的理想形象與新教上帝的概念，反映出當時宗教勢力強大的歷史背景。

筆者期望由愛情的文化想像這個角度切入，帶領讀者進入詩的世界，並且認識詩中所反映出的世界觀。在此之前，希望讓讀者也能夠對詩是什麼、以及詩人想表達什麼有一個基本的認識，當然還有詩中所透露的文化背景與藝術欣賞。

英詩有其技巧和專門用語，在我們選輯的詩裡常會出現字尾如「-th」和「st」的古字，因此讀者也必須具備一些古語用法的常識。接著要請各位注意符號的使用，如

「斜體字」、「引號」。例如，斜體字是指一部詩集或是散文集，而加上引號則是單指一首詩。

音韻和格律 Rhythm and Meter

詩有別於散文，主要差別在於詩以壓縮、摘要的方式表達，陳述形式也要依循韻律規則。羅馬的雅各森（Jacobson）在對詩的分析中指出，詩人通常會運用兩種修辭技巧：**隱喻**（metaphor）和**轉喻**（metonymy）。讀者會因這兩種障礙而無法理解詩的意涵，因此需要對詩的**歷時性**（diachrony）和**共時性**（synchrony）有充分的了解才能排除這些障礙。

歷時性是說文化典型的轉換，而**共時性**則是指歷史上同時期的發展。此外，本書也會介紹詩的組成元素和一些基本觀念，讓讀者得以欣賞一首詩明確的意義、以及其弦外之音。

由於詩得遵循韻律規則，因此產生了配置音韻的格律。音韻系統的基礎是**重音節**和**無重音節**，由此而形成**格律**。而詩的長短通常有以下區別：單韻律（monometer）、兩音步（dimeter）、三音步（trimester）、四音步（tetrameter）、五音步（pentameter）、六音步（hexameter）及七音步（heptameter）。

押韻和詩節 Rhyme and Stanza

押韻（rhyme）的決定因素，通常取決於**最後一個母音**，但也有押**行中韻**（internal rhymes）的。母音會重複、並和其他位置的發聲成雙發相同的母音。如果詩句最後的音節押重母音，則稱為「陽性韻」；若最後押輕母音，則稱「陰性韻」。

基本說來，押韻的形式可分為：**對句**（couplet）、**三行聯句**（triplet）、**四行詩**（quatrain）、**八行詩節**（octave）押韻。對句是兩行詩句有相同押韻。三行聯句照辭源學來說，就是三行都押同一個韻。至於四行詩則是由四行詩句組成。八行詩節押韻則是八行詩，最早見於湯姆斯‧懷亞特（Thomas Wyatt）改革義大利十四行詩（sonnet）而成的詩作中。

因此，押韻往往是形成「詩節」（stanza）的重要因素，在義大利文，詩節是「終止處」（stopping place）之意。大致說來，押韻是一首詩中週期重複的單位，而詩節則是依照押韻而結束。
某些特定詩的押韻是有規則的，有些詩則沒有一定的規則。不同的詩節可以輕易地

由**韻腳**（rhyme）重複來做區別。再者，也可以**標點符號**，如句號或分號來判斷。在印製的文本中偶爾會以空白來間隔。

時態的差異：古代 VS. 現代

在古代英語中，特別是詩的語言和現代英語的用法有些許不同。譬如說，時態表達上的差異：在古代英語中，詩人會用「doth」或「doeth」代表現代英語中的「does」。「doest」則相當於現在口語中的「do」。因此，詩的規則如下：

① 以「(e)th」作結尾的動詞，為第三人稱單數。
② 以「est」作結尾的動詞，則是第二人稱單數。

以上所述為進入詩歌殿堂的入門階。還有，各位也會看到一些省略記號，如「wander'd」等。建議讀者最好能夠將省略的文字大聲朗誦出來，如此才能記住被省略的是哪些字。

古代及現代英語差異表

① adieu = goodbye
② art = are
③ bill = beak（鳥喙）
④ coyness = shyness（害臊）
⑤ ere = before
⑥ fain = glad
⑦ faire = fair
⑧ hath = has
⑨ hight = height
⑩ mirth = merriment（歡樂）
⑪ nay = no
⑫ oft = often

⑬ oftentimes = often
⑭ prime of all = most of all
⑮ smart = pain
⑯ sweeting = sweet heart
⑰ thee = you（主詞）
⑱ thou = you（受詞）
⑲ thy = your（所有格）
⑳ thine = your（沒有、不足）
㉑ wanting = lacking
㉒ wast = were
㉓ wont = know
㉔ yonder = out there（在那裡）

第一篇 十六世紀早期和伊麗莎白時代

Early 16th Century and Elizabethan Age

Elizabeth I (1533-1603)

英國女王伊麗莎白一世（1533-1603），亨利八世之女，是都鐸王朝（Tudor dynasty）的第五位也是最後一位君主。都鐸王朝的五位君主分別是：亨利七世（Henry VII）、亨利八世（Henry VIII）、愛德華六世（Edward VI）、瑪麗一世（Mary I）和伊麗莎白一世。

在伊麗莎白一世的執政時期，英國成為了世界強國，並出現了如莎士比亞和培根這樣的著名人物。在英國歷史上，她的統治期被稱為「伊麗莎白時期」（Elizabethan era）。英國的桂冠詩人史賓塞（Edmund Spenser），讚譽她為不朽的「仙境女王」（Faerie Queene）。她因終身未婚，人稱「童貞女王」（The Virgin Queen），後被人稱為「天佑女王」。

Elizabeth I (1533-1603)

伊麗莎白時代興起

十六世紀及稍後的伊麗莎白時代（Elizabethan Age, 1558-1603），在都鐸王朝（Tudor, 1485-1603）成立之初相繼登場，其後隨著伊麗莎白一世（Elizabeth I, 1533-1603）的辭世而步入歷史。都鐸政權始於李奇蒙伯爵（Earl of Richmond, 1457-1509）即位成為亨利七世（Henry VII, 1485-1509），他擊潰封建割據，建立民族國家政權，成為都鐸王朝第一位君主。

這個時期的重大事件包括哥倫布（Christopher Columbus, 1451-1506）發現美洲（1492）、達伽馬（Vasco da Gama, c. 1469-1525）踏上印度土地（1498）。英國當時還遠遠落後其他從事海洋探險的國家，但接下來的一百年，英國急起直追，成為殖民和貿易的霸權。

在這些外在因素影響下，英國逐漸發展出全國性的文化及國家認同。諸如佩脫拉克式情詩的傳入及改造，宗教改革運動（Reformation），英國國教創立（the Anglican Church），以及民族史詩（national epic），如史賓塞（Edmund Spenser, 1552/53-1599）在 1590 年首次出版的史詩《仙后》（*The Faerie Queene*）等，都是明顯的例子。因此，這個時期的特點可分為以下幾點——人文主義（humanism）、改革、國家意識（national consciousness）、伊麗莎白時代十四行詩（sonnet）的藝術成就、戲劇文學及劇場。

人文主義傳入

人文主義（Humanism）的緣起要歸因於幾位僧侶和官吏，他們發現一項美與文化的運動，也就是後人所知的文藝復興（Renaissance）。這個於義大利興起的運動，旨在探尋古典時期的文學藝術典範。過去英國人的生活方式主要受到教會宰制，這一發現為英國帶來巨大的衝擊。亦即，中世紀對於週遭世界和來生的普世價值因而改觀，個人觀與世界觀被整個扭轉過來。

由於對人有了不同的評價，英國人開始探討烏托邦社會，也就是以理性打造出來的理想國度。英國政治家湯瑪斯‧摩爾（Thomas More, 1478-1535）在《烏托邦》（*Utopia*, 1516）一書中，以人文主義的觀點對政治、社會、宗教的價值觀嘲諷了一番。由於人文主義受到重視，教育於是成為關注的焦點。當時是由家庭教師或朝臣在名門

望族的宅邸或文法學校傳授知識，教育主軸則為中世紀的**三學**（trivium，即文法、邏輯學、修辭學）、**四藝**（quadrivium，即算術、幾何、天文、音樂），目的在培養更具「人類特質」的英國子民。不僅如此，英國的人文主義基於策略上的目的，還和日後成為新教（Protestantism）的基督教勢力結合在一起。

不過，由於古典時代重新受到矚目，因此不論是英文或拉丁文的寫作形式，都出現許多不同的主張。此一爭論深具歷史意義，意味著英國文學和英國國家認同即將成形。不只如此，宗教改革更進一步確立了英國為單一民族國家的地位。

十六世紀以前，英國受到天主教會的支配；天主教會向來以世人的管理者自居，不但擁有支配眾人的強大力量，且創立了一套告解（confession）、寬恕（pardon）、懺悔（repentance）、赦免（absolution）的系統，藉這類儀式活動達到監督「迷途羔羊」（lamb）的目的。

後來日耳曼宗教改革家馬丁·路德（Martin Luther, 1483-1546）向天主教會

Thomas More (1478-1535)

湯瑪斯·摩爾，英國人文主義學者及政治家。曾當過律師，後在修道院隱修四年，但未擔任過神職。亨利八世時先後任職請願法庭法官、財政大臣和任蘭開斯特王室領地大臣。1532 年，因反對亨利八世與羅馬教會意見分歧而辭職，後因為不承認亨利八世為英國教會領袖，被下獄斬首。1935 年被追諡為聖徒，紀念他的宗教節日是 7 月 9 日。

抗爭，強調個人應秉持良知，不該一味聽由教會詮釋《聖經》，最終引發了宗教改革。而英國朝著自決和自我認同的方向前進，並在伊麗莎白時代登上了巔峰。

創立宮廷詩（Courtly Lyrics）

伊麗莎白時代始於 1558 年伊麗莎白一世即位，至 1603 年女王崩逝告終。英國在這段期間不但和歐洲各國打交道，同時也展開海外的探險。此外，伊麗莎白一世在宮廷廣邀接見文人，也頗為人津津樂道。

「國家」這個現代的概念就在這一時期逐漸發展起來，因為國家及其形成的條件除了取決於政治因素，文化氛圍也脫離不了關係。說到政治，當時的重大事件是英國擊敗西班牙的無敵艦隊（Spanish Armada），這一大勝利使舉國上下信心大振，也促使文化上產生許多驚人的成就，如詩歌與戲劇。

詩歌方面，英文十四行詩不僅發展出一套形式上比佩脫拉克體更為複雜精確的押韻格式，連在內容上也是大異其趣。雖然主題同樣圍繞在感情受挫的男子感嘆心上人無情拒絕、甚至以此為樂，不過英文十四行詩注入了新的元素，也就是伊麗莎白女王的形象，菲利浦・席得尼爵士（Sir Philip Sidney, 1554-1586）的十四行詩系列——《愛星人與星星》（*Astrophil and Stella*, 1591）即為一例。伊麗莎白女王成了國家與國家認同的象徵。

在戲劇和劇院方面，代表人物首推威廉・莎士比亞（William Shakespeare, 1564-1616），他創造出和歐洲截然不同的戲劇類型——歷史劇、悲劇、浪漫喜劇。戲劇、詩歌這類民族文學不僅反映出英國的自我認同，也使得民族意識發展臻於成熟完整。從英國在文化生產和自決的相對自主性，可以看出新時代降臨的軌跡，因此，十六世紀初期和伊麗莎白時代，可以說為後世英國文學開啟了一條康莊大道。

Petrarca (1304-1374)

佩脫拉克，義大利詩人，早期的人文主義者，被義大利最偉大的詩人但丁（Dante, 1265-1321）譽為文藝復興之父。

義大利式十四行詩（Petrarchan Sonnet）一詞，即源於佩脫拉克。佩脫拉克於1327年在亞威農（Avignon）初識一位名為 Laura 的女子，她可能就是 Laure de Noves，或僅是一個想像中的理想人物。他深為 Laura 而著迷，Laura 成為他的創作衝動，而此愛情堅貞純潔，成為真愛的象徵。

佩脫拉克的成名作《歌集》（*Canzoniere*），即是以 Laura 為愛慕對象的一系列愛情詩。1341年，他被授予「桂冠詩人」的稱號。其作品對許多作家產生很大的影響，尤其是英國詩人喬叟（Geoffrey Chaucer, c.1345-1400）。

湯姆斯・懷亞特（Thomas Wyatt, 1503-1542）

1

Sir Thomas Wyatt

Poet of Petrarchan Sonnet

湯姆斯・懷亞特爵士

佩脫拉克體詩人

1549 年 _ *Seven Penitential Psalms*《七首悔罪詩》

1557 年 _ *Tottel's Miscellany*《陶特爾雜集》

創始英國十四行詩（English Sonnet）

湯姆斯・懷亞特（Thomas Wyatt, 1503-1542），英國朝臣和詩人， 1536 年被封為爵士。對外國人來說，他在英國文學中可能是個陌生的名號，但事實並非如此。湯姆斯・懷亞特是繼英國詩人喬叟（Geoffrey Chaucer, c.1340-1400）之後，首位將大量義大利素材融入英詩當中的詩人。從這個角度來看，懷亞特堪稱英國十四行詩的典型代表。

1557 年出版的詩作《陶特爾雜集》（*Tottel's Miscellany*），有助於把義大利的十四行詩等文學形式引入英國文學。他引進**宮廷詩**和**十四行詩**，為英國這類的文學傳統奠下根基。他主張**人文主義**（humanism）的精神，對英國文藝復興具有指標性的意義。

義大利宮廷詩或稱**佩脫拉克體十四行詩**，其特點為，感情受挫的男子哀嘆得不到真愛、細訴愛情的苦楚與歡愉、當初如何拜倒在心上人的石榴裙下，以及求愛遭拒之後的心理轉折。全部內容皆由十四行詩句寫成，因此而成十四行詩。

懷亞特與佩脫拉克式：文體變革

十四行詩，是由**十四行敘事詩句**組成的**抒情詩**，須嚴格遵守押韻。佩脫拉克式十四行詩的特點，在於全詩分為兩個部分：**八行詩**（octave，八行的詩節）與**六行詩**（sestet，六行的詩節）。前面八行（八行詩）通常是由哀怨的說話者對著自己或星辰提出一道疑問，後面六行則為說話者決心走出陰霾的心路歷程。

不過懷亞特打破嚴謹的格律，將這種格式揉合自創的韻腳，創造出不同風格的十四行詩。懷亞特的十四行詩通常分為**四個詩節**，搭配不同的韻腳，如 abba abba cddc ee 。另外，abab cdcd efef gg 也是懷亞特十四行詩常見的韻腳。這種有別於義大利十四行詩而自成一格的詩體，為日後「英文」十四行詩及「莎士比亞十四行詩」的發展奠下基石，因為英國十四行詩包含**三個四行詩節**（四句的詩節）和**一個對句**（十四行詩的最後兩句），而這正是經過湯姆斯・懷亞特改造後的結果。

宮廷生活與創作

懷亞特被喻為**英國十四行詩之父**，曾在劍橋大學聖約翰學院（St. John's College, University of Cambridge）學習義大利文學和再度興起的古典主義。基於這樣的背景，懷亞特早年即熟悉義大利文藝復興時期和拉丁文學，此時期的學習對他日後產生極大的影響，使他成為英國文學傳統的先驅。

懷亞特的大半生都在宮中度過。他在亨利八世在位時（Henry VIII, 1491-1547，在位期間 1509-1547）擔任過侍臣和外交官等職務，也常出使法國、義大利。但懷亞特的公職生涯並不順遂，曾兩度入獄。第一次被捕肇因於 1536 年與薩福克郡公爵的一次爭吵，第二次則是 1541 年被控叛國而入獄。懷亞特儘管命運乖舛，最後總是能得到國王赦免而倖免於難。

懷亞特的詩作豐富，在抒情詩（十四行詩）、頌（ode）、警句（epigram）、諷刺詩（satire）等方面都有非凡的成就。

美感與賞析

巧喻（conceit）是佩脫拉克式情詩經常使用的敘事技巧，懷亞特亦運用巧喻，將情愛描繪成一幅獨特的畫面。不只如此，世人還可透過他的作品一窺文藝復興時期的愛情觀，以及當時的人面對心上人的態度。

詩中的說話者並非中世紀行俠仗義的騎士，相反的，他們往往感情受挫，孤僻離群，心中充滿不解，又哀嘆自己不幸的遭遇，最後方下定決心擺脫沉重的愛情枷鎖。至於愛情中的關係，傾吐心聲的說話者是被動等待的一方，而他的心上人則冷漠、性喜虐待，喜歡擺出矯揉造作的姿態，無情拒絕說話者的追求。

因此，要了解詩中的奧妙，就必須留意其中的巧喻。巧喻是以具體的意象來闡述愛情，是一種刻意營造出來的想像畫面。詩中的說話者對心上人的種種描述，都包羅在這種隱喻裡。

Henry VIII (1491-1547)

亨利八世，都鐸王朝的第
二位國王，亨利七世的次
子。亨利八世的生平常出
現在文學裡，例如莎士比
亞曾寫了以他為主題的歷
史劇。

從懷亞特的作品看來,男性對心目中理想女性的想像,影響了愛情中的兩性關係;但另一方面,這跟現代愛情中男性積極主動、女性消極被動的關係卻大相逕庭。說話者愛上了無法一親芳澤的女子,結果這名女子轉變成說話者戀物的對象,讓說話者備受磨難和煎熬。

因此,我們可以說,懷亞特並不僅僅是仿效佩脫拉克的宮廷詩和題材,更精確的說,經由他的譯介,佩脫拉克宮廷詩以另一種更適合用英文來表達的形式呈現出來。

選輯緣由

挑選這三篇十四行詩,一方面是因為,這三首詩具體呈現出懷亞特改革佩脫拉克式十四行詩的抽象概念;另一方面,也點出了懷亞特情詩中對愛情的敘述結構,這個結構堪稱宮廷詩的特色。

接下來我們會看到許多傳承自義大利佩脫拉克式十四行詩的文化傳統,其中蘊藏著愛情以及當中的權力關係。佩脫拉克式情詩,著重在主述者對自我的質疑和最後的決心,我們將會看到懷亞特改變這種題材的方式,從這個角度切入,各位可以更加了解英國文藝復興,以及當時對愛情的看法。此外,大家亦能細細體會十四行詩經過變革後的音韻結構、相異之處和不同的內容。

1_ The Long Love That in My Thought Doth Harbor

The long love that in my thought doth harbor,   1
And in mine[1] heart doth keep his residence[2],
Into my face presseth with bold pretense[3]
And there campeth[4], spreading his banner.
She that me learneth to love and suffer   5
And will that my trust and lust's negligence
Be reined[5] by reason, shame, and reverence[6],
With his hardiness[7] taketh displeasure.
Wherewithal[8] unto the heart's forest he fleeth,
Leaving his enterprise[9] with pain and cry,   10
And there him hideth, and not appeareth.
What may I do, when my master feareth,
But in the field with him to live and die?
For good is the life ending faithfully.   14

1_ 長駐我心的愛情

曠久的愛戀駐泊在腦海裡，   1
我的心頭正是他的落腳處，
肆然地虛虛掩掩迫近吾顏，
就此駐紮張揚著他的旗幟。
她教我識得了愛情與苦難，   5
他堅韌地吞忍了快悒不快，
如此一來理智羞愧和敬畏，
足遏我的依賴與縱情恣意？
藉此他逃往心中那片森林，
在悲戚與涕淚中喪志廢業。   10
他蔽匿其中不再現身露面。
當主宰退卻了該如何是好，
除了與他林野裡同生共死？
生命終有時到底是一種善。   14

---

1 「mine」是 my 的古代用法
2 residence [ˈrezɪdəns] (n.) 住處
3 pretense [ˈpriːtens] (n.) 假裝；掩飾（在此指男子已墜入情網，但仍偽裝自己）
4 「campeth」等於「camps」，動詞 camp 是「紮營」、「臨時安頓」的意思（以「eth」作結尾的動詞，為第三人稱單數）
5 rein [reɪn] (v.) 控制；駕馭
6 reverence [ˈrevərəns] (n.) 敬畏；敬意
7 hardiness [ˈhɑːrdɪnəs] (n.) 耐性；受苦
8 wherewithal [ˈwerwɪðɔːl] (n.) 方法；必要的手段
9 enterprise [ˈentərpraɪz] (n.) 事業

詩中娓娓道出被心上人拋棄的遭遇，整首詩運用擬人化（personification）的修辭法。讀者可能會困惑詩中到底有幾個角色，但實際上只有一個人在對讀者訴說他的愛情故事。要領略本詩之美，最佳的策略就是先掌握住「巧喻」：

Into my face presseth with bold pretense   3
And there campeth, spreading his banner   4
肆然地虛虛掩掩迫近吾顏
就此駐紮張揚著他的旗幟

懷亞特將愛情比喻成一場戰事，彷彿在預告和愛人邂逅，以及自我質疑和決心走出情傷的結局。說話者敘述一段埋藏在心中的愛意，詩中充滿熱戀和失戀時所經歷的情感。在第一和第二行，述說這段愛縈繞於心，攪亂了他的理性。接下來，說話者利用巧喻，將愛情比喻為戰爭，自己則是戰士，向心上人表白心中的愛意：

And there campeth, spreading his banner   4
就此駐紮張揚著他的旗幟

接著說話者向我們解釋，是誰讓他痛徹心扉，原來正是這名引誘他，教他該愛誰的女子。無情的心上人冷眼看著他為愛痴狂為情所苦，卻還引以為樂：

With his hardiness taketh displeasure   8
這阻礙使他抑鬱不滿

遭到心上人無情的拒絕，說話者如隱士般將自己孤立起來，鎖上枯竭的心田不再出現。儘管他也像哈姆雷特一樣思索著生死的抉擇問題，但最後終究走出了陰霾：

For good is the life ending faithfully   14
生命終有時到底是一種善。

整首詩清楚呈現出英國文藝復興時期兩性的權力結構，以及對愛情的態度。這徹底顛覆了我們認為愛情是由男性主導的想法。這首詩告訴我們，那位操控說話者的女性才是主導全局的人物，也是導致他心裡（不）平衡的始作俑者。

2_ Farewell, Love

Farewell, Love, and all thy[1] laws forever,   1
Thy baited[2] hooks shall tangle[3] me no more;
Senec and Plato[4] call me from thy lore[5],
To perfect wealth my wit for to endeavor[6].
In blind error when I did persever[7],   5
Thy sharp repulse, that pricketh[8] aye[9] so sore,
Hath taught me to set in trifles no store
And 'scape forth since liberty is lever[10].
Therefore farewell, go trouble younger hearts,
And in me claim no more authority;   10
With idle youth go use thy property,
And thereon[11] spend thy many brittle[12] darts[13].
For hitherto[14] though I have lost all my time,
Me lusteth no longer rotten boughs[15] to climb.   14

1   thy [ðaɪ] 你的（相當於現代英文中的 your）
2   baited ['beɪtɪd] (a.) 誘惑的；有毒的
3   tangle ['tæŋgl] (v.) 使糾結；使陷入（在此指迷惑）
4   Senec and Plato，古希臘哲學家塞內克與柏拉圖，在此以其喻為「理性的力量」
5   lore [lɔːr] (n.) 某一學科的全部知識；傳說（在此指抒情歌曲）
6   endeavor [ɪn'devər] (v.) 努力；力圖
7   persever = persevere [ˌpɜːrsɪ'vɪr] 堅持不懈；不屈不撓

2_ 別了，愛情

別了，愛情，別了你所有法則，1
我不再受你的誘餌釣鉤所纏絞；
睿智的哲人教我別聽你那一套，
應當恆力於智慧上的臻至完善。
我曾在盲目的錯誤中堅執自己，5
你嚴厲的拒絕刺得我如此之痛，
使我明瞭愛情是如此微不足道，
往前奔逃吧，因為自由價更高。
別了，去煩擾惆悵的青春情懷，
不要再對著我宣示你的權威了；10
去找閒愁的少年展現你的本領，
要把你的利箭盡射在他們身上。
至此我雖然虛擲了所有的光陰，
但再也不會去攀爬枯枝幹了。 14

8 pricketh = pricks，(v.) 刺痛；使內心極度痛苦
9 aye [aɪ] (n.) 等同於 yes 的肯定回答
10 lever ['levər] (n.) 達成某特定目標的動力
11 thereon [ðer'ɑːn] (adv.) 在其上
12 brittle ['brɪtl] (a.) 尖利的
13 dart [dɑːrt] (n.) 鏢；箭
14 hitherto [,hɪðər'tuː] (adv.) 到目前為止
15 bough [baʊ] (n.) 大樹枝

這首詩運用的巧喻是 baited hooks（誘惑的鈎）和 brittle darts（利箭）兩個意象，暗示著說話者就像是上了餌的鈎子，困在愛情的圈套之中。這首詩主要想表達的是說話者下定決心要揮別愛情。當愛情不復存在，愛情的法則和原本無法抗拒的誘惑，對當事人就不會再有任何影響：

Farewell, Love, and all thy laws forever   1
Thy baited hooks shall tangle me no more.   2
別了，愛情，別了你所有法則
我不再受你的誘餌釣鈎所纏絞

說話者將愛情比喻為上了餌的鈎子，以巧喻的方式說明了愛情的虛幻和魔力。

詩中也可以看出愛情和理性兩者的對立。愛情讓說話者喪失了理性，結果卻是理智將他召喚回來。詩中提到了塞內克和柏拉圖，他們的出現讓說話者認清了自己心智混亂的狀態，此時他才了解到「愛情是盲目的」這個道理：

In blind error when I did persever.   5
我曾在盲目的錯誤中堅執自己

遭到心上人拒絕，粉碎了說話者對愛情的憧憬和對心儀女子的幻想。於是他宣告自己不會再為「愛」付出，要從此遠離愛情的（不快）喜悅：

Hath taught me to set in trifles no store.   7
使我明瞭愛情是如此微不足道

Plato (427- 347 B.C.)

柏拉圖，古希臘哲學家。為蘇格拉底的門生，亞里斯多德的老師。西元前 368 年，曾創設學園（Academy），是西方最早的高級學園。

柏拉圖提出理型論學說，認為感覺經驗短暫有限，事物世界則多變，皆與永恆不變且普遍的理型相區別，而後者才是知識的真正對象。

其各篇對話可歸納為三大部分：早期對話的主要對話者是蘇格拉底，內容為對道德概念下定義；在中期的對話中，為申明自己的學說，如《理想國》（Republic）；晚期各篇則表現其強烈的自我批評，如《智者篇》（Sophist）。

由於自我意識覺醒，説話者堅稱愛情只能攪亂年輕人的心智，對他不會再起任何影響，於是，他發現了自己該走的路，就是揮別愛情，不再陷入情網。

整首詩是由「上了餌的鉤子」這個隱喻鋪成開來，意味著説話者從愛情的虛幻魔力中頓悟，並且找到自己該走的路。

何謂「柏拉圖式戀愛」（Platonic love）？

柏拉圖式的愛，以哲學家柏拉圖的名字來命名，指精神上的戀愛，追求心靈的相契而無肉體上的接觸。柏拉圖認為，當心靈摒絕肉體而嚮往真理時，心境才能平和，思想才能提昇。柏拉圖式的愛，把愛情和肉慾視為互相對立的兩種狀態。其最早由早期義大利文藝復興的人文主義哲學家 Marsilio Ficino 所提出，原用來指稱蘇格拉底和其學生之間的孺慕關係。

3_ My Galley

My galley[1] charged[2] with forgetfulness   1
Through sharp[3] seas, in winter nights doth pass
Tween rock and rock; and eke[4] mine enemy, alas[5],
That is my lord, steereth[6] with cruelness.
And every oar a thought in readiness,   5
As though that death were light in such a case.
An endless wind doth tear the sail apace[7]
Of forced sighs and trusty fearfulness.
A rain of tears, a cloud of dark distain,
Hath done the wearied cords great hindrance[8];   10
Wreathed[9] with error and eke with ignorance,
The stars be hid that led me to this pain.
Drowned is reason that should me consort[10],
And I remain despairing[11] of the port.   14

3_ 我的船

我的船隻滿載著遺忘，   1
冬夜裡駛過驚濤駭浪，
在岩礁之間穿越航行，
敵人的增加不知凡幾，哎呀！   5
是吾主，以殘酷掌舵，
船槳與心志皆已就緒，
彷彿死亡此中不足道。
飛風不息撕扯著船帆，
無奈嘆息於無所憑靠，
一場淚雨，風雲變色，
憫憫燈芯，更形奄奄；   10
百般錯誤中徒增無知，
星辰隱匿我痛苦至此。
應相伴的理智已淹溺，
對於泊岸我心如死灰。   14

1   galley ['gæli] (n.) 單層甲板大帆船
2   charge [tʃɑːrdʒ] (v.) 裝載（~with）
3   sharp [ʃɑːrp] (a.) 苛刻的；嚴厲的；易怒的
4   eke [iːk] (v.) 增加；補充
5   alas [əˈlæs] (int.) 暗示說話者抑鬱心情的感嘆詞
6   steereth = steers（steer [stɪr] (v.) 掌船；帶領）
7   apace [əˈpeɪs] (adv.) 迅速地；飛快地
8   hindrance [ˈhɪndrəns] (n.) 障礙
9   wreath [riːθ] (v.) 包圍
10   consort [ˈkɑːnsɔːrt] (n.) 伴隨
11   despairing [dɪˈsperɪŋ] (a.) 絕望悲傷的

説話者一開始便以 galley 和其隱含的意義吊盡我們的胃口。一艘船滿載著心上人的無知，説話者藉此具體意象來象徵愛情：

My galley charged with forgetfulness.　　　　　　1
Thorough sharp seas, in winter nights doth pass.　　2
我的船隻滿載著遺忘
冬夜裡駛過驚濤駭浪

這是一艘裝滿哀愁和遺棄感傷的船，航行充滿了艱難險阻，只消一個無心之過就足以毀掉整艘船，一如愛情，透露出一段充滿荊棘險阻的戀情。

隨著説話者一步步解開謎團，我們得知橫阻在面前的障礙，不只是外在環境的因素，最主要的問題是出在他的主人：拒絕他愛慕之情的女子。此處説話者就好比是個俠義騎士，將聖杯獻給心上人，卻徒勞無功。他到達的不是希望／愛情之濱，而是愛情與性命的死亡之岸：

As though that death were light in such a case.　　6
船槳與心志皆已就緒

愛情，如同是一趟充滿各種危險的旅程，一個不小心就可能發生船難甚至粉身碎骨。屆時，就算是北極星也無法指引出一條平靜無波的路：

Wreathed with error and eke with ignorance.　　　11
The stars be hid that led me to this pain.　　　　12
憫憫燈芯，更形奄奄
百般錯誤中徒增無知

本詩巧妙地描述了一段愛情之旅。一個絕望的人就如同一艘沉重的船，滿載著被意中人拒絕的愁苦，漫無目的地在海上漂流，似乎永遠也到不了想停靠的口岸，象徵著橫阻在説話者和其心上人之間的障礙。

ANNO DNI   ETATIS SVÆ 21
1585

QVOD ME NVTRIT
ME DESTRVIT

克里斯多夫・馬婁（Christopher Marlowe, 1564-1593）

2

Christopher Marlowe

Poet of Shepherd

克里斯多夫‧馬婁

牧羊詩人

浮士德的創造者

歌德筆下「浮士德」（Faust）這個角色最原始的雛型，就是出自克里斯多夫・馬婁（Christopher Marlowe, 1564-1593）之筆。馬婁是伊麗莎白時代的劇作家，也是一位詩人。他生於 1564 年 2 月 26 日，比莎士比亞（1564.4.26-1616）早兩個月。他以獎學金進入劍橋大學的基督聖體學院（Corpus Christi College）就讀。馬婁領取的獎學金主要是頒給有志從事神職的人，然而他卻棄聖職，選擇了戲劇。

這個決定和他於 1587 年申請文學碩士學位有很大的關係，因為傳說他計畫出國前往法國的蘭斯（Reims），鼓吹反抗伊麗莎白女王。不過就在有關當局展開偵訊之前，馬婁於英國倫敦南部戴普特福（Deptford）的一間酒館內，被同伴 Ingram Frizer 所殺，謀殺原因至今仍是個謎。

謎樣的一生，啟發性的作品

除了神秘的死因，馬婁的一生同樣充滿傳奇色彩。二十世紀有許多文學批評家堅稱，莎士比亞的戲劇作品其實是出於馬婁之筆，不過這樣的言論從未得到證實。

馬婁的名望在十七和十八世紀歸於沉寂，到了十九世紀浪漫主義時期才又重現光芒。他在英國文壇是以戲劇和劇場的成就而聞名，後世的班・強生（Ben Johnson, 1572-1637）將之稱為「Marlowe's mighty line」（馬婁的強大詩行）。不僅如此，馬婁重新賦予**無韻詩**（blank verse）生命，將之改造成雄辯滔滔波瀾壯闊的戲劇詩行。莎士比亞與後期的追隨者都推崇馬婁對無韻詩的貢獻，由此可見馬婁在當時的地位。

馬婁的第一齣戲劇是 1587 年的《帖木兒大帝》（*Tamburlaine the Great*），這是一齣描寫「諸王殞落」的悲劇。有個名叫帖木兒的牧羊人圖謀推翻波斯王，他在擊潰敵軍之後終於登上王位。觀眾看馬婁的戲劇，都會受他戲中文藝復興式的英雄所震懾住。戲中的男主角不再展現基督教的美德——聖潔、中庸、有禮、虔誠和謙遜，相反的，他頌揚文藝復興時期的利己主義，並將惡棍的角色描繪成撒旦形象。

↑ Faust and Marguerite in the Garden
Faust and Mephistophilis →

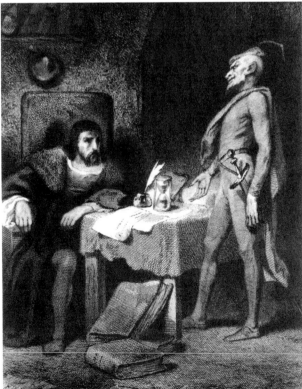

此外，馬婁還創造出一項重要傳統，那就是**田園詩**。馬婁描寫的田園景致和希臘時代有所不同，希臘時代的田園詩描寫的是兩個牧羊人吹著笛或簫一較高下，但馬婁則是利用牧羊人的形象來呈現一種耽溺於權力追求的「文藝復興怪獸」。這樣的形象獲得觀眾的共鳴，馬婁尋找的不是權力和財富，而是一份反抗既有權力結構的希望。馬婁改造了牧羊人的形象，並揭露出披著理性外衣的權力慾望。

Faust and Marguerite in the Garden

馬婁於 1589 年的作品《浮士德博士的悲劇》（*The Tragic History of Dr. Faustus*），是評論人類理性的代表作。劇中欲求不滿的浮士德和梅菲斯多菲利斯（Mephistophilis）訂了一紙二十四年的契約，以換取至高無上的權力和青春。浮士德雲遊四海，探求整個世界的知識。這種無止盡的追求，反映出文藝復興時期的精神和人類對知識的渴望。

然而浮士德對知識的追求卻太過貪婪，二十四年時間一到，儘管浮士德懇求上帝和耶穌的幫助，但他最後連禱告的權力都喪失了，只得任由撒旦路西弗（Lucifer）取走他的靈魂。

從上面的例子可以看出，馬婁或許用了一面與眾不同的鏡子，因此可以反映出英國文藝復興的德行，以及謙遜、容忍、虔誠等新教徒的道德標準。

除了戲劇上的成就，馬婁也名列伊麗莎白時代最傑出的**抒情詩人**。例如，在〈熱戀中的牧羊人致情人〉（The Passionate Shepherd to His Love）裡，他使用許多描繪田園景色的字眼，如山谷、小樹林、丘陵、田野、森林和崇山峻嶺，藉以歌頌簡單、純真、自然的愛情。很顯然的，馬婁創作出來的是與宮廷詩截然不同的意象。

接著來看他的敘事詩〈希蘿與林德〉（Hero and Leander），這是關於一對悲劇戀人的情色神話之作。這個悲傷的故事，最早見於公元五世紀亞歷山大詩人穆賽厄斯（Musaeus）的創作。馬婁是以拉丁詩人奧維德（Ovid, 43 B.C.E. - 17 A.C.E.）在《戀歌》（*Heroides*）中的兩則書信做為參考。這首敘事詩帶領讀者進入一個引人入勝的世界，其間充滿幻想、矛盾，無知與激烈背叛同時存在。本詩的主角是希蘿和林德，前者是崇拜維納斯的純潔女子，林德則是個狡猾的愛情騙子，但令人難以置信的是，林德對性愛居然很無知。這首詩為對句的形式，以豐富的情色內容知名。

美感與賞析

馬婁在美學方面的貢獻，主要在於他對田園詩傳統的運用和改造。田園詩和宮廷詩是兩種截然不同的形式，宮廷詩受到佩脫拉克體的影響，強調的是求愛失敗和說話者遭意中人拒絕，但馬婁卻將這種在宮廷上演的戲碼搬到鄉間。

他把注意力放在美好的自然風景，藉以反映愛情的簡單與自發性。馬婁提及的自然法則，剛好可以對應到人類的心理，這一點則被日後的浪漫派詩人採用。因此，在欣賞馬婁作品的過程中，我們會發現他使用田園意象的這一創舉，成為日後改革佩脫拉克十四行詩傳統的驅動力。

選輯緣由

我們從馬婁的作品中可以看出，他將人性中互相矛盾的一面清楚地呈現出來，如世故和無知、知識與單純、理性與自負等，而這些正是英國文藝復興及人文主義中最大的矛盾。

先不論馬婁在戲劇方面的表現，單從詩歌創作來看，他創造出一種有別於佩脫拉克體和宮廷詩的形式。下面選出這兩首詩，主要目的是讓讀者認識馬婁那個時代田園詩的文化模式。不同於佩脫拉克十四行詩，馬婁對田園生活的描述為英國文學立下重要的里程碑。

1_ The Passionate Shepherd to His Love

Come live with me and be my love,   1
And we will all the pleasures prove
That valleys, groves[1], hills, and fields,
Woods, or steepy[2] mountain yields.

And we will sit upon the rocks,   5
Seeing the shepherds feed their flocks,
By shallow rivers to whose falls
Melodious birds sing madrigals[3].

And I will make thee beds of roses
And a thousand fragrant posies[4],   10
A cap of flowers, and a kirtle[5]
Embroidered[6] all with leaves of myrtle[7];

1_ 熱戀中的牧羊人致情人

來與我同住做我愛人吧，   1
所有的歡樂你我將同度，
這裡有溪谷果園和山野，
樹林峻嶺皆向你我臣服。

我們將一同坐在岩石上，   5
看著牧羊人放牧羊兒們，
在潺潺的淺淺溪流旁邊，
悅耳的鳥兒情歌相應和。

我會用玫瑰為你鋪床席，
送你一千束的芬馥花束，   10
為你編織花冠和花衣裳，
衣上繡滿桃金孃的葉瓣。

1   grove [groʊv] (n.) 小樹林；樹叢
2   steepy [ˈstiːpi] (a.) 〔詩〕險峻的
3   madrigal [ˈmædrɪgəl] (n.) 牧人唱的歌曲；小調
4   posy [ˈpoʊzi] (n.) 花束
5   kirtle [kɜːrtl] (n.) 女裝或裙；短外衣
6   embroider [ɪmˈbrɔɪdər] (v.) 在（織物）上繡花紋

A gown made of the finest wool
Which from our pretty lambs we pull;
Faire[8] lined slippers for the cold,   15
With buckles[9] of the purest gold;

A belt of straw and ivy buds,
With coral[10] clasps[11] and amber[12] studs[13]:
And if there pleasures may thee move,
Come live with me, and be my love.   20

The shepherds' swains shall dance and sing
For thy delight each May morning:
If these delights thy mind may move,
Then live with me and be my love.   24

---

7   myrtle ['mɜːrtl] (n.) 〔植〕桃金孃
8   faire = fair [fer] (a.) 美麗的
9   buckle ['bʌkəl] (n.) 帶釦；釦子；搭鉤
10 coral ['kɑːrəl] (a.) 珊瑚的；珊瑚製的
11 clasp [klæsp] (n.) 扣子；鉤子；夾子
12 amber ['æmbər] (a.) 琥珀的；琥珀製的
13 stud [stʌd] (n.) 飾釘；飾鈕

我會送你細緻的羊毛袍；
用我們美麗羔羊的羊毛；
送你織有內襯的保暖鞋，　　15
並用最純的黃金做鞋釦。

用芳草藤花來編織腰帶，
飾著珊瑚釦鑲琥珀釦栓：
如果這一切能討你歡心，
來與我同住做我愛人吧。　　20

在每一個五月的早晨裡，
牧童會來為你歌唱跳舞：
如果這一切能討你歡心，
來與我同住做我愛人吧。　　24

整首詩處處流露強調自然景物的田園詩傳統，如第一節中的第三、四句：

valleys, groves, hills, and fields, 　　　3
Woods, or steepy mountain yields 　　　4
溪谷、叢林、丘陵、田地
森林、群山皆向你我臣服

其中最重要的意象出現在第二節的頭兩行，牧人放養他們的羊群。除此之外，馬婁呈現給我們的另一個意象為「熱情奔放」的牧人，也就是說對於愛情是自然不扭捏的。

我們在這首詩裡看到的，不是矛盾的修辭或者修飾過的詞藻；相反的，我們感受到的是愛情的自然與質樸。描寫自然景緻的詞彙也讓我們感受到牧人的心理，以及他對心上人的愛意。這種相互呼應的方式，在英雄對句（aa bb cc dd）中也表現得非常透徹。

本詩一開頭，說話者便表明對心上人的愛意，並懇求攜手共度一生。馬婁將求愛的心情呼應大自然生產（yield）出的歡愉。接著，說話者對意中人描繪的遠景也配上了大自然的樂音，呈現一幅和諧的畫面：

By shallow rivers to whose falls 　　　7
Melodious birds sing madrigals. 　　　8
在淺溪邊流水應和
鳥兒歡唱悅耳情歌

為了具體呈現出對於心上人的愛意，說話者捨棄了完美的詞藻，轉而向大自然尋求靈感：

beds of roses 9
And a thousand fragrant posies 10
A cap of flowers, and a kirtle 11
Embroidered all with leaves of myrtle 12
玫瑰做的床
織起千束芳香的花朵
一頂花冠、織一條花裙
繡滿桃金孃的葉瓣

接著又以大自然為基調，描述結婚穿的衣裳：

A gown of the finest wool 13
Faire lined slippers for the cold 15
buckles of purest gold 16
a belt of straw and ivy buds 17
coral clasps and amber studs 18
細緻的羊毛長袍
線條精細的禦寒便鞋
純金製作的鞋釦
用芳草和常春藤花苞編織的皮帶
珊瑚釦鐶、琥珀釦栓

詩的最後又回到了田園生活，說話者希望能藉此打動意中人的芳心。這首詩裡並沒有精心雕琢的詞藻，也沒有刻意安排的修辭，呈現出來的只是人在戀愛中流露出的真摯之情、發自內心的感覺。

看完這首詩，我們見識到馬婁藉田園詩開發了另一種談情說愛的方式，同時也為改革佩脫拉克十四行詩的體裁和主題內容，開創出一個新局。

2_ Hero and Leander

(5) On Hellespont[1], guilty of true-loves' blood,   1
     In view and opposite, two cities stood,
     Sea-borderers, disjoined by Neptune's might[2];
     The one Abydos[3], the other Sestos[4] hight[5].
     At Sestos Hero dwelt; Hero the fair,   5
     Whom young Apollo courted for her hair,
     And offered as a dower[6] his burning throne[7],
     Where she should sit for men to gaze upon.
     The outside of her garments[8] were of lawn,
     The lining[9] purple silk, with gilt[10] stars drawn;   10
     Her wide sleeves green, and bordered with a grove,
     Where Venus in her naked glory strove
     To please the careless and disdainful[11] eyes
     Of proud Adonis, that before her lies.
     Her kirtle blue, whereon was many a stain,   15
     Made with the blood of wretched lovers slain[12].
     Upon her head she ware a myrtle wreath,
     From whence her veil reached to the ground beneath.

---

1 Hellespont，達達尼爾海峽（Dardanelles）之希臘舊名，為土耳
   其西北部接連西面的愛琴海與東面的馬摩拉海的狹長海峽
2 Neptune's might，這裡指海神的懾人的威力，Neptune 是海神
3 Abydos，古希臘王國在達達尼爾海峽旁的一處殖民地
4 Sestos，與 Abydos 同濱達達尼爾海峽但隔岸相對的城市
5 hight，相當於現代英語中的 called 或 named
6 dower [daʊə] (n.)〔古〕〔文〕嫁妝

2_ 希蘿與林德

赫勒斯滂，淌著愛人鮮血的罪惡海峽，　　1
那裡有兩座城市互相峙立對望著，
兩岸的居民們被遙隔在大海兩邊；
一端是阿比多斯，一端叫做塞斯托斯。
希蘿住在塞斯托斯城；美女希蘿，　　5
連年輕的阿波羅也拜倒在她裙下，
他送上燃燒的太陽寶座做為聘禮，
讓她高坐其上接受男性注目膜拜。
她衣裳的表層是由細麻布所裁製，
內襯是綴著金色星辰的紫色絲綢；　　10
綠色寬袖子的袖口上鑲著小樹林，
維納斯在此展現毫不遮掩的光彩，
全為了吸引那對淡漠輕蔑的眼睛，
她面前那位驕傲阿多尼斯的雙眸。
她湛藍色的衣裳沾染了許多污點，　　15
那是被弒的可憐愛人留下的血漬。
她的頭上戴著桃金孃編成的花冠，
從花冠上披下的面紗垂到了地面。

Hero Awaiting
the Return of Leander

7　在西方神話中，阿波羅的形象為戰車與熾熱的太陽，burning throne 在此喻太陽
8　garments [ˈɡɑːrmənts] (n.)（複數形）衣服；穿著
9　lining [ˈlaɪnɪŋ] (n.) 襯裡；內襯
10　gilt [ɡɪlt] (a.) 鍍金的；塗上金色的
11　disdainful [dɪsˈdeɪnfəl] (a.) 輕蔑的；驕傲的
12　slain [sleɪn] (a.) 身亡的

Her veil was artificial flowers and leaves
Whose workmanship both man and beast deceives.   20
Many would praise the sweet smell as she passed,
When 'twas the odour which her breath forth cast;
And there for honey bees have sought in vain,
And, beat from thence[13], have lighted there again.
About her neck hung chains of pebblestone,   25
Which, lightened by her neck, like diamonds shone.
She ware no gloves; for neither sun nor wind
Would burn or parch[14] her hands, but to her mind,
Or warm or cool them, for they took delight
To play upon those hands, they were so white.   30
Buskins of shells[15], all silvered used she,
And branched with blushing coral to the knee;
Where sparrows perched[16] of hollow pearl and gold,
Such as the world would wonder to behold.
Those with sweet water oft her handmaid[17] fills,   35
Which, as she went, would chirrup[18] through the bills[19].
Some say for her the fairest Cupid pined[20]
And looking in her face was strooken blind[21].

[13] thence [ðens] (adv.) 〔文〕從那裡；從那時起
[14] parch [pɑːrtʃ] (v.) 灼傷
[15] buskins of shells 高統鞋或靴子
[16] perch [pɜːrtʃ] (v.)（鳥）飛落；棲息
[17] handmaid ['hænd‚meɪd] (n.) 女僕
[18] chirrup ['tʃɜːrəp] (n.) 鳥叫聲；蟲聲
[19] bill [bɪl] (n.) 鳥嘴
[20] pine [paɪn] (v.) 渴望；痛苦
[21] strooken blind，相當於現代英語的 stricken blind，表示失明

她的面紗是人工製的花朵與枝葉，
手工細緻得足以矇騙過人或野獸，　20
人人讚美她走過時所散發的芳香，
那是她呼吸時吐露出的香氣芬馥；
採花的蜜蜂尋芳而來卻無功而返，
徒然在那兒拍打翅膀照亮了四周。
在她的頸項上環繞著水晶石項鍊，　25
寶石被她的頸項映照得閃閃如鑽。
她不戴手套，因為無論陽光或風，
都不會去灼傷或吹皺了她的雙手，
它們只會照射或吹拂過她的心靈，
使她雙手或暖或涼，因它們喜愛
與這雙手嬉戲，這雙手如此潔白。　30
她穿著由銀色貝殼裝飾成的靴子，
緋紅色的珊瑚裝飾延伸至膝蓋，
麻雀棲息在鏤空的珍珠金飾上，
如此的一番美景令人嘆為觀止，
女僕裝滿了甘甜的水來餵麻雀，　35
當她走動時鳥喙便發出啁啾聲，
有人說公正的丘比特也渴慕她，
凝視她驚人美貌使他頓時眼盲。

Hero Finding Leander

2

克里斯多夫・馬婁

47

But this is true: so like was one the other,
As he imagined Hero was his mother[22].   40
And oftentimes into her bosom[23] flew,
About her naked neck his bare arms threw,
And laid his childish head upon her breast,
And, with still panting rocked, there took his rest.
So lovely fair was Hero, Venus' nun,   45
As Nature wept, thinking she was undone,
Because she took more from her than she left,
And of such wondrous beauty her bereft[24].
Therefore, in sign her treasure suffered wrack[25],
Since Hero's time hath half the world been black.   50

但這是真實的：她們如此相像，
讓他誤以為希蘿便是他的母親。   40
他就這樣時常飛進她的胸懷裡，
雙臂裸露地環抱她裸露的頸項，
把他那稚氣的頭靠在她的胸前，
喘著氣呼吸起伏地倚靠著休息，
如此之美麗的維納斯門徒希蘿，   45
自然女神想到她的逝去便落淚，
因為她帶走的遠比留下的還多，
祂失去了如此驚為天人的美貌，
就此彷若祂的珍寶已經被毀滅，
她的殞落讓半個世界陷入黑暗。   50

22 his mother，指維納斯（Venus）
23 bosom [ˈbʊzəm] (n.) 胸；懷；婦女的胸部
24 bereft [bɪˈreft] (v.) bereave 的過去分詞，表示使失去
25 wrack [ræk] (n.) 毀壞；破滅

Hero and Leander

在這首詩中，馬婁採用希臘悲劇這樣的古典題材，敘述希蘿和林德之間的愛情故事。林德這個傳說中的年輕人每晚都泅水越過 Abydos 和希蘿會面，卻不幸在一場暴風雨中溺斃。馬婁將這個故事比擬同是悲劇收場的阿多尼斯和維納斯（Adonis and Venus）。本章只節錄這首敘事詩的第一部。一開始馬婁便點出這個悲劇的時空背景，希蘿是維納斯的女祭司，她和林德的故事發生在 Abydos 城，這座城因為兩人的故事而聞名：

On Hellespont, guilty of true-loves' blood   1
赫勒斯滂，布滿愛人鮮血的罪惡海峽

這首詩一開始便以分離的意象，預告了這段愛情不幸的結局：

In view and opposite, two cities stood   2
Sea-borders, disjoined by Neptune's might   3
眼前兩座城市對望
海的邊界，為海神的力量阻隔

接下來，說話者提及兩人居住的地方：希蘿在 Sestos 城，而林德在 Abydos。這兩座城市被海神 Neptune 所阻隔，又多了一重悲劇色彩。但希蘿到底是誰？這個謎團很快就有了解答。她的美色連太陽神阿波羅都為之傾倒，甘願為她付出一切：

Whom young Apollo courted for her hair   6
And offered as a dower his burning throne   7
讓年輕的阿波羅也對她獻殷勤
送上燃燒的王座做為嫁妝

接著，馬婁用自然界的產物來描述希蘿的裝扮：

garments of lawn   9
lining purple silk, with gilt stars drawn   10
wide sleeves green and bordered with a grove   11
上等細麻布製成的華服
紫色絲線襯裡，以金色的星辰為綴
寬鬆的袖子是綠色，袖口是一圈小樹叢

關於希蘿的美，馬婁再次提及維納斯和驕傲的阿多尼斯。除了阿波羅的瘋狂追求，馬婁也暗示還有很多人對希蘿傾心，他提到裙子上的血跡：

Her Kirtle blue, whereon was many a stain   15
Made with the blood of wreathed lovers slain   16
她的短裙湛藍，沾染許多污點
是已逝愛人留下、鮮血染上的污點

儘管帶有肉慾的色彩，馬婁卻成功地讓讀者注意到希蘿的優雅和雍容華貴。馬婁描述希蘿身上巧奪天工的服飾，芬芳完美到了連野獸和蜜蜂都誤以為真。然後馬婁又以極盡煽情的方式描寫女主角白皙的肌膚，而如此詳盡說明其白皙的原因是：

for neither sun nor wind   27
Would burn or parch her hands   28
for they took delight   29
To play upon those hands   30

因為無論陽光或風
都不會灼傷她的雙手
因它們喜愛
與這雙手嬉戲

有人謠傳她的美連愛神邱比特都心動，甚至幻想她是母親而自動投入她的懷抱：

Some say for her the fairest Cupid pined   37
As he imagined Hero was his mother   38

有人說，連最美好的丘比特也渴慕她
想像希蘿為他母親

在解開一連串的疑團和關聯性之後，我們得知希蘿是追隨維納斯的信徒，但後來卻喪失了美麗絕佳的形貌。馬婁在詩中暗示兩人不道德又充滿感官的愛情：

As Nature wept, thinking she was undone   46

自然也為她陰暗的未來哭泣

正是這樣的愛讓希蘿陷入悲傷愁苦的深淵：

in sign her treasure suffered wrack   49
Since Hero's time hath half the world been black   50

嘆息她失去了外顯的美貌
此後她的世界一半是黑暗

本章僅節錄詩的一部分，但讀者仍可以感受到馬婁將感官的描述和大自然的事物做連結。我們在有意無意間都可以認識到無形的田園詩傳統，以及馬婁情詩創作的功力。在馬婁的詩中看不到說話者哀嘆被拋棄或被拒的遭遇，和其他伊麗莎白時代的宮廷詩人不同，馬婁引領我們走進一個幻想的國度，體認發乎於心的自然情感。

Principum   amicitias!

William Shakespeare（威廉‧莎士比亞，1564-1616）

3

William Shakespeare

Poet of Poets

威廉・莎士比亞

詩人中的詩人

英國的文化象徵：威廉・莎士比亞

「To be or not to be, that is the question.」，聽到這段獨白，不禁讓人想起猶豫不決的哈姆雷特（Hamlet），以及威廉・莎士比亞（William Shakespeare, 1564-1616）。莎士比亞堪稱是英國文學史上最偉大的詩人，連班・強生（Ben Jonson）也承認莎翁象徵英國的勝利驕傲。莎士比亞備受敬重和推崇，儼然是英國的國家圖騰。

莎士比亞是個具有傳奇色彩的人物，世稱「莎翁」，其一生因為許多傳聞軼事而罩上一層神秘面紗。莎翁的一生可分為兩個階段，分界點是所謂「遺失的歲月」（lost years），也就是 1585-1592 年。這七年當中莎翁投身戲劇表演，為日後的戲劇情節搜羅了許多材料。莎翁一生嘗試過許多工作，如劇作家、演員、詩人，而且在每個領域都有很高的成就。他由於人生歷練豐富，對於人性心理和生存困境，每每都有生動敏銳的刻劃。

其在戲劇、詩歌、諷刺文學等方面，創作豐富。光就戲劇來說就有歷史劇（《亨利六世》、《理查三世》等）、悲劇（《哈姆雷特》、《李爾王》）、滑稽劇（《馴悍記》）、浪漫劇等類型。此外，他的詩歌表現亦非常傑出，他在詩歌上的變革稱為**莎翁十四行詩**，亦即伊麗莎白或英國十四行詩。莎翁十四行詩是以抑揚格五步音為主，由三組四行詩和最後兩行對句組成，押韻基本上為「abab cdcd efef gg」。

莎翁最早出版的詩集並非十四行詩，而是兩首敘事詩〈維納斯與阿多尼斯〉（Venus and Adonis）及〈魯克麗絲失貞記〉（The Rape of Lucrece）。而在《熱情的朝聖者》（*The Passionate Pilgrim*）詩集當中，據說有五首詩是莎翁於1599 年所作。

莎翁最偉大的成就為創作了 154 首十四行詩。前面 126 首，是寫給一位身分不明的年輕男子；而在第 127 到 152 首當中的黑美人，也引起許多猜測，但始終沒有切確的結論。這些十四行詩的題材主要是「美」，還有在時間威脅下的「青春之美」。這樣的主題不斷出現，因此詩中的說話者總是在歌誦愛情與藝術的神奇魔力，突破時間和死亡的藩籬。

美感與賞析

莎翁的創作題材多元、範圍寬廣，因此要研究莎翁可由許多不同的角度入手。此外，早期批評研究的重點在於莎翁將不同的形式混合運用，如悲、喜劇摻雜在一起，因此看似難以用時間順序來評析其戲劇動作。也有人批評莎翁愛引經據典，但他採用的機智、雙關語和曖昧的語言卻又錯誤百出；德萊頓（John Dryden, 1631-1700）和班・強生便是這派批評莎翁的代表人物。

不過欣賞沙翁的作品要從詩歌和戲劇同時入手，如此才能感受到詩與戲交織所激盪出的語言火花。因為詩創造了具體的意象或概念，戲戲則讓這些意象和概念更深植人心。

在《暴風雨》（*The Tempest*）中，莎翁創造出兩個具殖民色彩的人物：普魯士佩羅（Prospero）和卡力本（Caliban）；卡力本被迫噤聲聽命於普魯士佩魯（代表英國），這樣的關係為現代批評家所指責。

然而，身為一個現代讀者，閱讀莎翁仍有其意義，透過他的作品，得以洞察人類生存、神話世界，還有愛情關係當中的人性心理和其間的掙扎妥協。透過他的觀察，看到的不僅是一部部文學經典，同時也看到了鏡中的自己。

選輯緣由

許多批評家或讀者只重視莎翁在詩歌和戲劇上的表現，少有人注意他精心寫入戲裡的歌曲，這些歌包羅了他十四行詩和戲劇中所創作的題材，並充分反映出他在每個戲劇結構中所要表現的主題。有時是用歌曲來做評判，有時是預示接下來會發生的事情。本章所選的三首歌分別出自不同的戲碼，所傳達的概念也不盡相同，希望讀者能從這些歌曲中領略到典型的佩脫拉克十四行詩，以及伊麗莎白時代和新教徒的奇思異想。

1_ It Was a Lover and His Lass[1]

It was a lover and his lass,
With a hey, and a ho, and a hey nonino,
That o'er the green corn-field did pass,
In the spring time, the only pretty ring time[2],
When birds do sing, hey ding a ding, ding;   5
Sweet lovers love the spring.

Between the acres of the rye[3],
With a hey, and a ho, and a hey nonino,
These pretty country folks would lie,
In the spring time, the only pretty ring time,   10
When birds do sing, hey ding a ding, ding;
Sweet lovers love the spring.

This carol[4] they began that hour,
With a hey, and a ho, and a hey nonino,
How that life was but a flower   15
In the spring time, the only pretty ring time,
When birds do sing, hey ding a ding, ding;
Sweet lovers love the spring.

And, therefore, take the present time
With a hey, and a ho, and a hey nonino,   20
For love is crown graved with the prime[5]
In the spring time, the only pretty ring time,
When birds do sing, hey ding a ding, ding;
Sweet lovers love the spring.

1_ 情郎與他的小情人

那是情郎和他的小情人，
哼著嘿，哼著呴，哼著嘿嗨唷，
穿過了一片青翠麥田地，
在春季，交換戒指的美好時光裡，
當鳥兒唱著：嗨叮啊叮，叮；　　　　5
甜蜜情侶喜春情。

在一畝畝的黑麥田之間，
哼著嘿，哼著呴，哼著嘿嗨唷，
躺著這美麗的田園人們，
在春季，交換戒指的美好時光裡，　　10
當鳥兒唱著：嗨叮啊叮，叮；
甜蜜情侶喜春情。

那刻起他們唱起了頌歌，
哼著嘿，哼著呴，哼著嘿嗨唷，
那樣的生活正猶如花朵，　　　　　　15
在春季，交換戒指的美好時光裡，
當鳥兒唱著：嗨叮啊叮，叮；
甜蜜情侶喜春情。

因此別忘了把握住今朝，
哼著嘿，哼著呴，哼著嘿嗨唷，　　　20
因為愛情是春天的冠冕，
在春季，交換戒指的美好時光裡，
當鳥兒唱著：嗨叮啊叮，叮；
甜蜜情侶喜春情。

1　這首十四行詩摘自莎翁的劇作
　《皆大歡喜》(*As You Like It*) 第
　五幕第三景。這首歌是由兩名
　小聽差對著丑角 Touchstone 和
　Audrey 所唱，主旨為及時行樂
　(seize the day，拉丁文 carpe
　diem)，以及對於幸福婚姻的憧
　憬
2　ring time 指結婚的季節，亦即
　春天
3　rye [raɪ] (n.) 裸麥；黑麥
4　carol [ˈkærəl] (n.) 婚禮或特定場
　合廣泛採用的頌歌
5　prime [praɪm] (n.)
　最佳的季節或時間

3
威廉‧莎士比亞

57

這首詩出自莎翁的劇作《皆大歡喜》（*As You Like It*），其中傳達了及時行樂（carpe diem）的概念，也就是：

And, therefore, take the present time   19
因此別忘了把握住今朝

整首詩的結構圍繞著這個主題，告訴我們要好好把握春天，而春天在此也是指結婚的好季節。說話者一開始便唱出了結婚的念頭，並盛讚春天是個結婚的好季節。最重要的是，莎士比亞將場景設在鄉間，因此運用了許多山光水色來表現田園生活：

That o'er the green corn-field did pass   3
穿過了一片青翠麥田地

田園詩正象徵純純的愛的喜悅，可以從情郎和少女間一來一往的唱和中感受到：

With a hey, and a ho, and a hey nonino   2, 8, 14, 20
哼著嘿，哼著呴，哼著嘿嗨唷

莎士比亞善用「ding」這樣的聲響和歡樂頌，讓觀眾一同沉浸在愛情的快活和甜蜜當中。隨著詩歌一句句展開，可以看到結婚的喜悅彌漫於田野和鄉里之間，無人能抗拒得了這股歡樂的氣氛。在這樣的情境下，生命就像一株含苞待放的花朵，充滿了愛與期待，特別是在春季。

簡而言之，這首詩點出了戀愛的黃金時機，還有愛情的美好，同時也鼓勵人們勇敢去愛，把握時光。

A Scene From *As You Like It*

2_ Oh Mistress Mine[1]

(7)
Oh mistress mine! where are you roaming[2]?   1
O, stay and hear; your true love's coming,
That can sing both high and low.
Trip no further, pretty sweeting[3];
Journeys end in lovers meeting,
Every wise man's son doth know.

What is love? 'tis not hereafter[4];   7
Present mirth[5] hath present laughter;
What's to come is still unsure:
In delay there lies no plenty;
Then come kiss me, sweet-and-twenty,
Youth's a stuff will not endure.

---

1 本詩出自《第十二夜》(*Twelfth Night*) 第二幕第三景
2 roam [roʊm] (v.) 漫步
3 sweeting，相當於現代英語中的 sweet heart
4 hereafter [ˌhɪrˈæftər] (adv.) 今後；未來
5 mirth [mɜːrθ] (n.) 快樂；歡樂

2_ 噢，我的可人兒

噢！我的可人兒，妳在哪兒逗留？　1
噢！停下腳步聽我說，妳的真愛已來臨，
他能高歌歡唱，也能低聲細吟，
別再繼續前行，美麗的甜心兒；
有情人邂逅後，旅程就要告終，
每一個聰明人，都深諳此道理。

問愛情是什麼？莫著眼於明日，　7
該歡樂便歡笑，
未來如何未知：
稍有遲疑便失，
來親吻我吧，二十次甜蜜的親吻，
青春這東西稍縱即逝。

A Scene From *As You Like It*

這首歌出自莎翁的浪漫喜劇《第十二夜》（*Twelfth Night*），經由小丑的歌聲，暗示年輕男子向心上人求愛的情景：

O, stay and hear; your true love's coming.   2
噢！停下腳步聽我說，妳的真愛已來臨，

在莎翁的戲劇當中，智者往往都以裝瘋賣傻的方式，道出人性心理或是一個「真相」。在這首歌裡，小丑則是為愛情下了一個定義。

這首歌也提醒我們要及時行樂（carpe diem）、把握當下。說話者還特地將愛情的本質解釋了一番──愛就在眼前，無需寄望下一刻：

Present mirth hath present laughter.   8
該歡樂便歡笑，
In delay there lies no plenty.   10
稍有遲疑便失，

未來會怎樣沒人知道，等待也無益。因此說話者邀請心儀的女子共度歡樂時光，畢竟光陰可是不等人的：

Youth's a stuff will not endure.   12
青春這東西稍縱即逝。

這首歌的主旨清晰明確，點出愛情的本質就在「把握時光」。此外，這首詩中生動、歡樂的追求場景也深植我們心中，就像愛情優美的旋律一般。

3_ Fear No More the Heat o' the Sun[1]

Fear no more the heat o' the sun,   1
Nor the furious winter's rages;
Thou thy worldly[2] task hast done,
Home art gone, and ta'en thy wages.
Golden lads[3] and girls all must,
As chimney-sweepers, come to dust.

Fear no more the frown[4] o' the great;   7
Thou art past the tyrant's stroke[5];
Care no more to clothe and eat;
To thee the reed[6] is as the oak:
The scepter[7], learning, physic[8], must
All follow this, and come to dust.

Fear no more the lightning flash,   13
Nor the all-dreaded thunder stone[9];
Fear not slander[10], censure[11] rash;
Thou hast finished joy and moan:
All lovers young, all lovers must
Consign[12] to thee, and come to dust.

No exorciser[13] harm thee!   19
Nor no witchcraft charm thee!
Ghost unlaid[14] forbear[15] thee!
Nothing ill come near thee!
Quiet consummation[16] have;
And renowned be thy grave!   24

3_ 無須畏懼陽光的炙熱

再毋須畏懼陽光的炙熱，　　　1
也不必害怕嚴冬的肆虐；
你已經完成塵世的大業，
領取應得的酬金返家吧。
金童玉女最後也都終將，
如煙囪工人般一身塵灰。

再毋須畏懼權貴的臉色；　　　7
你已經通過暴君的試煉；
再毋須為了衣食而憂心；
於你蘆葦橡樹並無差異：
權勢，學識，藥劑醫術，
殊途將同歸，終歸塵土。

再毋須畏懼突現的閃電，　　　13
也不必惶恐駭人的雷電，
無庸擔心詆譭責難等事，
歡樂與憂傷都已經結束：
所有年輕的情侶和戀人，
終將臣服於你歸於塵土。

沒有驅魔術士能傷害你！　　　19
沒有法術可以施加於你！
遊魂也會對你避而遠之！
不祥之事都不會靠近你！
祈願你擁有完美的平靜；
祈願你的基地光輝榮耀！　　　24

1　這首輓歌出自《辛白林》（Cymbe-
line）第六幕第二景，為哀悼 Imo-
gen 原本難逃之死（Innogen 的拼
法暗示拉丁文中「innocent」無知
的意思）

2　worldly ['wɜːrldli] (a.) 塵世的（此
處暗示上帝的存在，儘管整首詩都
未見其身影）

3　lad [læd] (n.) 男孩；少年

4　frown ['fraʊn] (n.) 皺眉；蹙額

5　stroke [stroʊk] (n.) 打；擊

6　reed [riːd] (n.) 牧人使用的笛子

7　scepter ['septər] (n.) 君權；權杖

8　physic ['fɪzɪk] (n.) 醫學

9　thunder stone 隕石

10　slander ['slændər] (n.)
言辭攻擊；中傷

11　censure ['senʃər] (n.) 責難；譴責

12　consign [kən'saɪn] (v.)
把……委託給；臣服於

13　exorciser ['eksɔːsər] (n.) 術士

14　unlay [ʌn'leɪ] (v.) 釋放

15　forbear ['fɔːrber] (v.) 克制；避免

16　consummation [ˌkɑːnsə'meɪʃən]
(n.) 完成或圓滿

這首輓歌是以四組六行詩（有六行詩句的詩節）寫成，出自莎翁的戲劇《辛白林》（*Cymbeline*）。故事是講一名美麗的女子 Imogen，深受凡人的變化莫測、爾虞我詐、強取豪奪（甚至她的性命）所苦惱。儘管她經歷了一段「死亡」旅程，最後仍為自己爭得轟轟烈烈的重生機會。

這首歌正是哀悼 Imogen 原本難逃之死，詩人安排了諸多困難險阻，如上帝的忿怒、大自然的力量、巫術和驅魔等人為力量，甚至於 Imogen 對自己提出的疑問等。透過這些生存困境，傳達出重獲新生的可能性，同時也試圖將紅塵俗世間變化無常的愛情昇華為永恆。

本詩通篇都讓人感受到上帝的存在，雖然上帝並未現身，而是隱含在字裡行間，例如：

Fear no more the heat o' the sun	1
Nor the furious winter's rages,	2
再毋須畏懼陽光的炙熱，	
也不必害怕嚴冬的肆虐；	
Fear no more the frown o' the great;	7
Thou art past the tyrant's stroke,	8
再毋須畏懼權貴的臉色；	
你已經通過暴君的試煉；	
Fear no more the lightning flash,	13
Nor the all-dreaded thunder stone.	14
再毋須畏懼突現的閃電，	
也不必惶恐駭人的雷電，	

由此可見，詩人將所有的苦難都歸咎於上帝的傑作，根據新教倫理（Protestant ethic）的觀點，人的命運早已由上帝決定。而隨著旅程展開，Imogen 經歷了「死」的磨難，又在天國保住永恆的「生」。

在第一個詩節，說話者明顯地想掙脫大自然的力量，如燒灼的烈日、殘酷的嚴冬，由此透露和暗示了人類可能經歷的「紅塵俗務」（worldly task）。然而，世間所有的人事物，如家、工資、嬌貴的紳士淑女，也都如「煙囪童工」（chimney sweepers）一般，終將「自然地」（naturally）歸於塵土。由此可見，說話者所闡述的，是暗指「死亡」的世間法則。

接著，我們發現生死的關鍵不在上帝，反而是凡間之「君」與天國的王主宰著生殺大權——至尊蹙眉或暴君的鞭笞。不過說話者也暗示，牧歌（蘆笛與橡樹）裡的淳樸生活甚或懾人的威權，都得屈服於世間變化的法則，最後總會走到盡頭。

然後我們得知還有其他因素，足以左右人的生死，如閃電、隕石、人為中傷。在這個情況下，人不禁要哀憐自己的命運，質疑自己所處的困境：

All Lovers young, all Lovers must,　　　　　　　17
Consign to thee and come to dust.　　　　　　　18
所有年輕的情侶和戀人，
終將臣服於你歸於塵土。

但說話者又暗示，當我們對命運天注定的自覺增加了，就不用再擔心受怕：

Quiet consummation have;　　　　　　　　　　23
And renowned be thy grave!　　　　　　　　　24
祈願你擁有完美的平靜；
祈願你的墓地光輝榮耀！

本詩通篇在闡述新教徒的虔誠信仰，要人認清自己於存在巨鏈當中所屬的角色。務期安守本分，完成人間的俗務，如此才能博得上帝的垂愛，得到寄望中的新生。正因為如此，詩中所有的紅塵俗事，僅是人通往天堂的跳板，一切都是為試煉人的心志。有了這個認知，人們就不會再畏懼死亡，並能心悅誠服地接受自己已成定數的命運。

菲利浦‧西德尼（Philip Sidney, 1554-1586）

4

Sir Philip Sidney

Courtly Poet

菲利浦・西德尼爵士

宮廷詩人

1590_ *Arcadia*《阿卡迪亞》

1591_ *Astrophil and Stella*《愛星人與星星》

1595_ *The Defence of Poetry*《詩辯》

詩人與十四行詩系列

菲利浦・西德尼（Philip Sidney, 1554-1586）可說是伊麗莎白時代的文學表徵，舉凡象徵這個時期的所有身分和特質他都具備，如朝臣（courtier）、詩人、贊助者（patron）、戰士及友情等。因此當他以三十二歲的英年死於荷蘭戰場上，無人不為之悲慟惋惜。

西德尼最為人稱道的是其十四行詩系列《愛星人與星星》（*Astrophil and Stella*, 1591），而《詩辯》（*The Defence of Poetry*）這篇新亞里斯多德派的文章，則是反映出時代精神。柏拉圖在《理想國》（*Republics*）中指稱詩歌是摹仿的產物，西德尼則重新檢視詩的角色。他認為詩帶有**教化**和**愉悅**（to teach and delight）的目的，可以帶領人走向美德的國度，而非陷入墮落的泥沼，讓詩的傳統得以重建。

西德尼為伊麗莎白宮中最耀眼的一名朝臣。他於 1564 年進入舒茲伯利學校（Shrewsbury School）就讀，在那結識了日後為他作傳的英國詩人福克・葛雷弗（Fulke Greville, 1554-1628）。儘管西德尼後來進了牛津，卻中途輟學，遠赴歐陸，在那裡見到許多當時的重要人物，也目睹了聖巴多羅買日大屠殺（Massacre of St. Bartholomew's Day）〔註：法國天主教暴徒對國內新教徒胡格諾派信徒（Huguenot）的恐怖暴行，始於 1572 年 8 月 24 日，持續了數月之久，為法國宗教戰爭的轉捩點〕。西德尼對新教的信仰，起初是受到家族與親近人士的影響，而這起屠殺事件使他的信仰更加堅定。

西德尼能夠具體呈現田園詩的傳統，如作品《阿卡迪亞》（*Arcadia*, 1590）；而他也將佩脫拉克十四行詩的特點發揮到淋漓盡致，像是哀嘆逝去的愛、遭心上人拋棄以及情感的矛盾等，例如《愛星人與星星》，這是伊麗莎白時代第一部以佩脫拉克傳統寫成的十四行詩系列，全部包括 108 首十四行詩和 11 首歌曲。

星星 Stella 的形象則有兩層意義：其一可能是指西德尼的心上人 Penelope Devereux，另一層則是暗指伊麗莎白女王。從任一角度都可看出其中的主從關係（patronage）：人人皆須聽命於女王，或是男子受制於心上人無情的擺佈。從《愛星人與星星》中，可以感受到 Stella 在心上人和女王這兩個形象之間轉換。

要欣賞西德尼作品之美，特別是其十四行詩系列，就得注意那個年代的文化模式，也就是田園生活、佩脫拉克十四行詩，以及新亞里斯多德（Neo-Aristotle）傳統等。

西德尼本身是複雜多重的，讀者可以從中體驗他揉合到情詩裡的不同面向和視野。同時，西德尼對詩文的努力也不容忽視，他淨化藝術作品，以達到柏拉圖哲學構想的境界。此外，佩脫拉克情詩和新教這兩個概念，常常在其作品中交替出現，因此欣賞其十四行詩時，可觀察到眼前出現的說話者，不僅是追求被拒、心灰意冷，他還教導我們「黃金律」（golden rule），亦即教化和娛悅（teach and delight）。

因此不同於佩脫拉克的情詩，西德尼開拓了另一條通往真、善、美的道路，我們可從他在《詩辯》中的宣言看出：「所以說，因為，人人稱頌的詩文洋溢著孕育善的愉悅，也不缺學識這個應有的崇高名聲；因為，一切責難，不是毫無根據，就是站不住腳；因為，詩在英國不受尊崇的理由，不在詩人本身，而是模仿詩人的傢伙惹禍；最後，因為我們的舌頭最適合榮耀詩歌，也因詩歌得享尊榮。」

選輯緣由

西德尼受到同時代的人崇拜景仰，集所有可以加諸於人的光環於一身，而且當之無愧。西德尼的重要性有兩重意義：其一，他代表了傳承自佩脫拉克十四行詩的文化傳統；其二，他象徵了伊麗莎白時期，在那個年代，女王的地位無比尊貴崇高。

因此，從西德尼的作品或其他伊麗莎白時期的詩作中常常可以發現，詩人對於主從關係中的緊張焦慮所作的斡旋調解，而這種關係不僅出現在女王與臣子之間，同時也是指求愛被拒的男子與心上人之間的權力關係。這正是我選輯十四行詩系列的原因，這系列有助讀者了解伊麗莎白時代的精神，以及西德尼的貢獻。

1_ Astrophil and Stella (1)

Loving in truth, and fain[1] in verse my love to show,   1
That the dear she might take some pleasure of my pain,
Pleasure might cause her read, reading might make her know,
Knowledge might pity win, and pity grace obtain,
I sought fit words to paint the blackest face of woe: 5
Studying inventions fine, her wits to entertain,
Oft[2], to see if thence would flow
Some fresh and fruitful showers upon my sunburned brain.
But words came halting[3] forth, wanting[4] Invention's stay;
Invention, Nature's child, fled step-dame Study's blows,   10
And others' feet still seemed but strangers in my way.
Thus great with child to speak, and helpless in my throes[5],
Biting my trewand[6] pen, beating myself for spite,
"Fool," said my Muse to me, "look in thy heart and write"   14

1   fain [feɪn] (a.) 〔古〕高興的；樂意的（相當於現代英語中的 glad）
2   oft [ɑːft] (adv.) 〔古〕〔詩〕經常（= often）
3   halting ['hɔːltɪŋ] (a.) 蹣跚的；猶豫不決的
4   wanting ['wɑːntɪŋ] (a.) 〔文〕缺乏的
5   throe [θroʊ] (n.) 陣痛；痛苦的掙扎
6   trewand, truant（懶散）的古字

1_ 愛星人與星星 (1)

情真意摯，我激烈的愛在詩中流露，　　　　　　　　　1
願我的痛苦能夠討她些許歡心，
歡欣或能讓她看詩，看詩或能讓她明白，
明白後或能使她心生憐憫，憐憫或能轉為愛意，
於是我尋思文字，描繪為愛所苦的愁容：　　　　　　5
苦尋靈感巧思，只為討她歡心，
不時翻閱卷冊，看能否流瀉出
清新泉湧的甘霖，落進我的枯腸裡。
但文字踟躕不前，靈感未曾作停留；
創作是自然之子，逃離那「苦讀繼母」的鞭撻吧，　　10
他人留下的足跡，在我的道路上形同陌路。
懷著滿腹欲言的心事，卻苦於陣痛難產，
只得咬著筆桿，憎惡地搥打自己，
「蠢材！」繆思對我說：「探究你的內心後再下筆！」　14

一如佩脫拉克十四行詩的模式，說話者感嘆自己被冷酷的心上人所拒；但不同的是，說話者接著轉移焦點，描述這名女子複雜多重的角色：她為說話者上了一堂愛情的課、對他產生了解、進而起了憐憫與善意。說話者透露出，不論他如何付出想贏得史黛拉的芳心，一切都已注定是場空，而這正是說話者不時悲歎感傷的原因。

在這首詩中，說話者為心上人所拒，因而寄望從作詩、甚至同時代的新構想中尋求慰藉。然而這些都無法解決問題，因為真正的癥結在於「心」（heart）。反諸於心一方面讓人想起一個希臘警語，「認識自己，便知世界」（Know thy self, know the world）；另一方面，也透露了心才是所有煩惱的根源。因此說話者暗示，切莫過度依賴他人，去聽聽自己心裡說些什麼。

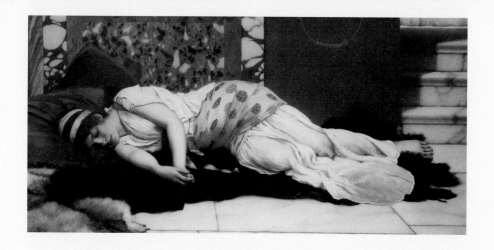

2_ Astrophil and Stella (5)

It is most true that eyes are formed to serve   1
The inward light, and that the heavenly part
Ought to be king, from whose rules who do swerve[1],
Rebels to nature, strive for their own smart[2].
It is most true, what we call Cupid's dart[3]   5
An image is, which for ourselves we carve;
And, fools, adore in temple of our heart,
Till that good god make church and churchman starve.
True, that true beauty virtue is indeed,
Whereof[4] this beauty can be but a shade,   10
Which elements with mortal mixture breed[5];
True, that on earth we are but pilgrims made,
And should in soul up to our country move;
True, and yet true that I must Stella love.   14

---

[1] swerve [swɜːrv] (v.) 轉向；偏離方向
[2] smart [smɑːrt] (n.) 痛苦
[3] Cupid's dart，邱比特的箭，指愛情的箭（愛情的隱喻）
[4] whereof [wer'ʌv] (adv.)〔書〕關於那人（事、物）
[5] elements with mortal mixture breed 這裡指人類是由土、水、空氣、火等四種元素
組成

2_ 愛星人與星星 (5)

雙眼生來無疑是為了要使用   1
內在的光芒，屬於神聖的那一部分
應當為王，悖逆王法者，
是自然的叛徒，自尋苦惱。
所謂丘比特的箭，無疑地   5
是我們為自己所刻繪的形象；
傻子，在我們內心的聖殿裡敬拜，
直至善神建立教堂，教士飢餓而亡。
確然，真正的美德是確實的，
至於美貌不過是影子，   10
由四大元素摻合著必朽所成；
確然，在塵世上我們為成為朝聖者而生，
靈魂應朝著天國而前進；
確然，更確然地，我必珍愛史黛拉。   14

一雙明眸令說話者對女子癡迷，瘋狂地渴望。而始作俑者就是「Cupid's dart」
（愛神的箭）這個讓人陷入情網的隱喻。後來，說話者看透自己對女子外表的幻
想，認清了美麗不過是個「shade」（影子）。原來，在世俗之美以外仍有一番天
地，而產生這份認知的關鍵在於一趟旅程，目的地並非美，而是善（Virtue）的
國度。

這首詩說明，在女子的形貌之外，仍有值得人追尋的。而如此縈繞於心的究竟
為何物，本詩明顯地透露就是新教的意涵。換言之，應該超脫對愛情的幻想，
如此才能到達一個更高的境界，也就是善的國度。因此，為了要認清戀愛中的
矛盾關係，不僅得面對愛與恨、天性與德行之間的緊繃，而且更要能察覺到新
教的教誨。

3_ Astrophil and Stella (6)

Some lovers speak, when they their muses entertain,   1
Of hopes begot[1] by fear, of wot[2] not what desires,
Of force of heavenly beams, infusing hellish pain,
Of living deaths, dear wounds, faire storms and freezing fires;
Some one his song in Jove[3], and Jove's strange tales attires[4],   5
Broidered with bulls and swans, powdered with golden rain[5];
Another humbler wit to shepherd's pipe[6] retires,
Yet hiding royal blood full oft in rural vein[7].
To some a sweetest plaint a sweetest style affords,
While tears pour out his ink, and sighs breathe out his words,   10
His paper pale despair, and pain his pen doth move.
I can speak what I feel, and feel as much as they,
But think that all the map of my state I display,
When trembling voice brings forth that I do Stella love.   14

1 beget [bɪ'get] (v.) 引起；招致
2 wot [wʌt] (v.) 〔古〕知道（= know）
3 Jove [dʒoʊv] (n.) 古代羅馬的主神（相當於古希臘神話中的宙斯）
4 attire [ə'taɪr] (v.) 裝飾；打扮
5 此處指宙斯變身引誘女子的神話，宙斯化身為公牛追求 Europa，變成天鵝以
   接近 Leda，又幻化為黃金雨灑落在 Danae 身上
6 shepherd's pipe，此處為一田園詩寓言，當中牧人用麥桿或笛子吹奏出樂音
7 vein [veɪn] (n.) 氣質；特色；心境

3_ 愛星人與星星 (6)

當他們在取悅繆思女神們時，有些戀人開口，   1
談及因恐懼所生的希冀，談及不知何所欲求，
談及天堂光芒的輝照能穿射入地獄般的苦痛，
談及生猶如死、聖傷、霽朗風雨、滄寒火焰；
有人感嘆唱著歌曲，並添入宙斯的奇異事跡，   5
鑲飾著故事中的公牛與天鵝，綴灑著黃金雨；
還有一些虛懷的智者，隨著牧人的笛聲退隱，
純正的皇族血脈，依然往往隱身在鄉野之間。
又對某些人，唯美的風格才能呈現深切悽情，
墨水裡傾淌出的是淚水，字字發出聲聲嘆息，   10
紙張一片絕望的蒼白，筆桿揮搖著般般苦楚，
我能用筆墨訴衷曲，文有多濃，情就有多深，
然而，我思量著我所描繪出的所有這番情意，
當顫抖的聲音道出了我真真切切愛著史黛拉。   14

在這首詩中可以見到兩大傳統在此處匯合，一是佩脫拉克十四行詩，一是跡象
明顯可循的田園詩。先說佩脫拉克體的模式與主題，前面四行詩句中，說話者
祈求繆思相助，以譜成一首情詩。而說話者吟唱著宙斯追求女子的故事，將田
園詩的傳統注入詩中。說話者透露出，他缺乏追求女子所需的機智與知識，以
致失去心儀女子的芳心，最後只得遁入田園尋求淳樸的生活，以求寄託。

佩脫拉克體和田園詩兩種模式混雜出現在詩中，說話者藉此獲得愛情的自覺意
識。說話者不再只是感嘆自己痛苦與被拒的遭遇，他還教讀者寫詩。說話者淨
化這份愛與慾，使之超脫世俗之愛的範疇，投入天主的懷抱。從這首詩可以了
解到西德尼對伊麗莎白時期的十四行詩有何貢獻，此時期的詩不再只是關於被
拒絕與悲傷的戀情，而是淨化這份受傷的愛，將之納入情詩當中。

班‧強生（Ben Jonson, 1572-1637）

5

Ben Jonson

Poet of Decorum

班・強生

強調妥適性的詩人

騎士派（Cavalier School）創始人

在英國文壇所有重要作家中，沒有人比班・強生（Ben Jonson, 1572-1637）更為惡名昭彰。一般人對強生的印象，都是他對莎士比亞炮火猛烈的謾罵攻擊。然而，當初引薦強生進入戲劇世界的人正是莎翁。因此，這兩位偉大的劇作家被拿來相提並論時，世人多半以背叛來看待強生的攻擊言論，而強生抨擊莎翁愈猛烈，莎翁的地位就愈崇高。

不過雖然如此，在詹姆斯一世時期（Jacobean era, 1603-1625，繼伊麗莎白一世之後）或十七世紀，強生仍是享有盛名的劇作家，而且還時常拿莎士比亞的歷史劇或浪漫喜劇來開玩笑，批評莎翁的作品缺乏敘事結構。舉例來說，他指稱莎翁名作《暴風雨》（*The Tempest*）中的暴風雨和雷聲大作的場面，是一種天馬行空的幻想。強生一輩子都在他的作品中，以各種惡毒、憤恨的字眼攻擊莎士比亞。

正因為如此，十八世紀的批評家就用打油詩來嘲笑強生，不僅說他不如莎士比亞，還說「班忌妒心強，生來一付壞心眼、酸葡萄」。因為這個緣故，強生到了晚年還不斷樹敵。儘管他的敵人和批評家對他有所貶抑，仍無損他在文學上的重要地位。

班・強生是一名牧師的遺腹子，學生時期由西敏公學（Westminster School）的威廉・坎頓（William Camden）監護，後來做過砌磚的工作，但不久後就去從軍。強生於 1592 年回到英國，並於 1594 年娶安妮・路薏絲（Anne Lewis）為妻。

強生是詩人和劇作家，批評家對他有褒有貶。在寫詩方面，他常遭指責甚至被取笑不會吟詠，不會自由自在飛舞翱翔，也不懂得施展神奇的魔力。至於戲劇上所受到的非難則是創造不出生動、有生命力的角色。由於對角色缺乏著墨，尤其是針對人類心理和變化的細節刻劃不足，因此當十八世紀浪漫主義的時代一來，強生很快就被打入冷宮。

強生受到冷落還有另一個直接因素，就是他完全摒棄「心之善」，而這一向是象徵佩脫拉克情詩或伊麗莎白十四行詩的文化傳承。他強調語言的精巧和妥適性（decorum），而非「感情的自然流露」（"the spontaneous overflow" of feelings）。此外，強生真正要表現的是「文學」的生命，並不是「人類的生活」。他強調文學之美是精心建築起來的，基礎是感情非自然的流露。強生希冀的似乎是一個純粹的文學世界，一個以巧思、嚴謹設計打造出來的國度。

就如大家所料，強生的詩歌和戲劇創作沒有獲得太多掌聲，反倒是激起了觀眾的反感和排斥。他的作品並不迎合大眾口味，一般民眾喜歡的是能讓他們產生共鳴的角色，然而強生創作出來的人物卻和大眾沒有共通點。強生對戲劇或舞台上的人物並未注入太多熱情，這產生兩種結果，一是社會大眾或批評家的謾罵抨擊，但另一方面，這卻也是成就強生的原因。

一直到了二十世紀初期，強生在文學上的地位才又受到注意。原因是英國詩人艾略特（T. S. Eliot, 1888-1965）以「新批評論」（New Criticism，一種文學批評，著重仔細分析作品的語言、修辭和象徵等）的觀點，重新探討強生的作品。艾略特將強生重新介紹給世人，為強生的文學貢獻重新找到定位。

艾略特認為強生應該受到讚揚，因為他強調的是「理性」而非「情緒」，注重整體的設計而非個別的描述。在艾略特看來，強生會受到攻擊，是因為許多人並沒有能力欣賞甚或發掘他作品中精心設計出來的妥適性。班·強生再度受到矚目，套句艾略特的話來解釋，「我們指的是他作品整體上呈現出的知性。」從這個角度來看，強生就象徵十七世紀和所謂新古典時代的精神。

新古典時代

新古典時代（Neoclassical Age）又稱「啟蒙時代」或「理性時代」，時間約莫指 1660 年到 1770 年期間發生在歐洲的一種新古典運動，對文學、繪畫、藝術、建築和音樂等，都產生了深刻的影響。

新古典時代是對文藝復興運動的反動，重拾古典希臘羅馬之優點，褒揚理性、主張節制、尋求均衡與和諧，並重視道德、原則和傳統。

假設欣賞莎士比亞的作品應該從十四行詩和戲劇兩者著手，那麼強生也適用這個原則。強生非凡的成就，在於他脫離了伊麗莎白時代強調日常生活的戲劇型態。他創作的戲劇結構完整，強調妥適性，注重整體的結構而非部分的細節，從而表現出完整和諧。

英國詩人德萊登（John Dryden）受強生的執著所吸引，讚揚他是英國最偉大的喜劇作家。譬如他的《怪人怪事》（*Every Man in His Humor*）就是一齣「怪癖」（humorous）喜劇，劇中每個角色都被塑造成不同的脾氣或怪癖。看強生的戲劇，讀者必須將心思放在整體，而非角色或細節的描述。

由於注重戲劇形式的整體性，使得強生朝戲劇詩（dramatic verse）方向創作。戲劇詩是指一種經過精心構思、敘事結構完整的詩，詩中展現學究式的學問，遵守修辭的妥適性。在這類詩裡，說話者並不是被心上人拋棄、感傷自己遭遇的可憐蟲，反而是鼓勵人們開心地享受愛情。

強生稱得上可代表新古典時代的精神，也足以代表當時戲劇和詩注重表現學問與修辭的寫作方式。同時他被封為「騎士派詩人」（Cavalier Poets）的先驅，而日後遵循其寫作方式的詩人則稱為「強生之子」（Sons of Ben）。

騎士詩與形上詩

在英國，17 世紀的上半葉出現了兩大詩派：騎士詩（Cavalier poet）和形上詩（Metaphysical poet）。

「騎士派」詩人多為朝臣貴族，並受到班‧強生的古典詩風所影響。這派詩歌沿續「宮廷詩」的傳統，多以愛情為主題，反映貴族階級的生活與情調。主要的代表詩人如：

◆ 班‧強生
◆ 羅伯‧海瑞克（Robert Herrick, 1591-1674）：見本書第 127 頁
◆ Thomas Carew（1595-1639）
◆ John Suckling（1609-1642）
◆ Richard Lovelace（1618-1657）

「形上詩」的特色是採用哲學辯論和說理的方式寫抒情詩，把截然不同的意象結合在一起。主要的代表人物有：

◆ 約翰‧但恩（John Donne, 1572-1631）：見本書第 113 頁
◆ 安德魯‧馬維爾（Andrew Marvell, 1621-1678）：見本書第 101 頁

美感與賞析

如果要懂強生的戲劇或詩歌之美，就一定得仔細研究他錙銖必較、精心雕琢出來的文學架構。讀者可以欣賞在刻意經營、注重修辭之下產生的妥適性之美。強生的戲劇並不是感情的自然流露，因此觀眾不容易在他的戲中找到能引起共鳴的角色。

他的詩也是如此，讀者必須先對他的戲劇詩有點概念。其敘事邏輯正是關鍵所在，因此我們感覺不到生命和情感的強度，而感受到最多的，是他如何精心設計結構嚴謹的主題。閱讀班·強生的作品，與其去感受強烈的感情宣洩，不如去欣賞整體的妥適性之美更為重要。總而言之，強生的作品之美是整體呈現出來的恢弘氣勢。

選輯緣由

本書選擇強生的原因，是他的貢獻彰顯了新古典時代的精神。閱讀強生的詩和戲劇，有助於我們對其他英國詩人海瑞克（Robert Herrick, 1591-1674）和馬維爾（Andrew Marvell, 1621-1678）等追隨者有一個概括的認識。

此外，他的作品也帶我們一覽新古典詩人的表現。這是文學上的轉捩點，因為文學走向一個精密建構整體的路線，不再是注意感情的自然流露或個人的痛苦遭遇。本章選輯的詩，可證明強生如何運用精心設計的妥適性，來打造愛情的想像空間。

1_What He Suffered [1]

After many scorns[2] like these,   1
Which the prouder beauties please,
She content was to restore
Eyes and limbs, to hurt me more;
And would, on conditions, be   5
Reconciled[3] to Love, and me:
First, that I must kneeling yield
Both the bow and shaft[4] I held
Unto her; which Love might take
At her hand, with oath to make   10
Me the scope of his next draught[5],
Aimed with that self-same shaft.
He no sooner heard the law,
But the arrow home did draw
And (to gain her by his art)   15
Left it sticking in my heart:
Which when she beheld to bleed,
She repented[6] of the deed,
And would fain[7] have changed the fate,
But the pity comes too late.   20
Loser-like, now, all my wreak[8]
Is, that I have leave to speak;
And in either prose or song
To revenge me with my tongue,
Which how dexterously[9] I do,   25
Hear and make example too.

1_ 他所承受的痛苦

遭致了幾番這般譏諷，   1
那是驕傲美人的樂趣，
她志滿得意地收起了
神情姿態，以便再傷我一回；
在這種情景下她將會   5
臣服於愛情，至於我：
首先屈膝跪下，交出
我手中握住的弓與箭
呈獻給她，愛神或許
會從她手邊將之取走，立下誓約   10
使我成為下一個箭靶
用我的箭瞄準這個靶。
就在躬聽競技規則時，
弓已經拔出射向箭靶
而（此技藝贏得佳人芳心）   15
弓箭插在我的心口上：
目睹了流淌下的鮮血，
佳人的心中悔不當初，
她意欲挽回改變命運，
無奈這一切為時已晚。   20
如今彷彿一切已輸盡，我唯一
能做的報復就是搖脣鼓舌；
無論是散文或是詩歌
我都用舌筆來做報復，
我是何等地善於此道，   25
既能審聽，亦能舉證。

1 本章選輯的詩皆出自強生的
  《讚頌查莉絲的十首情詩》
2 scorn [skɔːrn] (n.) 輕蔑
3 reconcile ['rekənsaɪl] (v.)
  使和解
4 shaft [ʃæft] (n.) 箭
5 draught [dræft] (n.) 草圖
  (= draft)（此處暗示說話者
  成了心上人的箭靶）
6 repent [rɪ'pent] (v.) 懊悔
7 would fain〔古〕樂意地
  （相當於現代英語中的
  would like to）
8 wreak [wriːk] (n.) 報復
9 dexterously ['dekstərəsli]
  (adv.) 巧妙地

本詩摘自戲劇詩《讚頌查莉絲的十首情詩》（*A Celebration of Charis in Ten Lyric Pieces*）。在佩脫拉克式的情詩裡，說話者多少帶點自虐的味道，宿命地接受已成定局的命運。不過在本詩中，說話者一反自虐的態度，對心上人的殘酷展開報復。這首詩是十首抒情詩中的第三首。前面兩首詩敘述說話者如何向心上人求婚，為之癡迷。但本詩一開始，說話者敘述心上人的冷酷與拒絕：

After many scorns like these   1
Which the prouder beauties please,   2
遭致了幾番這般譏諷，
那是驕傲美人的樂趣，

更殘忍的是，心上人修復兩人的關係，並非要施捨愛，而是為了再次將愛撕裂。她要說話者跪在跟前，像個戰敗被俘的騎士向她繳械，猶如心上人的箭靶：

Me the scope of his next draught,   11
Aimed with that self-same shaft.   12
使我成為下一個箭靶
用我的箭瞄準這個靶。

然而，當心上人對自己的所作所為感到良心不安時，說話者決心報一箭之仇。他不願像個失敗者，接受任人擺佈的宿命。他決定寫詩來抒發內心裡的怨懟：

And in either prose or song   23
To revenge me with my tongue,   24
無論是散文或是詩歌
我都用舌筆來做報復，

說話者刻意經營構思，將滿腹的怨氣以適切的修辭寫入詩中，為日後深陷情網的戀人豎立一個榜樣。由這首詩，可以看到強生精心雕琢的詩句並不是發自「內心」，而是出自可理解的理性。在這首詩中，沒有抒發憂鬱悲傷情緒的曠男怨女，取而代之的是「巧妙」構築想像愛情的建築大師。

2_ Her Triumph

See the chariot[1] at hand here of Love,   1
    Wherein my Lady rideth!
Each that draws is a swan or a dove,
    And well the car Love guideth.
As she goes, all hearts do duty   5
    Unto her beauty;
And enamoured[2] do wish, so they might
    But enjoy such a sight,
That they still were to run by her side,
Through swords, through seas, whither[3] she would ride.   10

Do but look on her eyes, they do light
    All that Love's world compriseth!
Do but look on her hair, it is bright
    As Love's star when it riseth!
Do but mark, her forehead's smoother   15
    Than words that soothe her !
And from her arched brows, such a grace
    Sheds[4] itself through the face,
As alone there triumphs to the life
All the gain, all the good of the elements' strife[5].   20

Have you seen but a bright lily grow,
    Before rude hands have touch'd it?
Have you mark'd but the fall o' the snow,
    Before the soil hath smutched[6] it?
Have you felt the wool of beaver[7],   25
    Or swan's down ever?
Or have smelt o' the bud o' the brier[8],
    Or the nard[9] in the fire?
Or have tasted the bag o' the bee?
O so white! O so soft! O so sweet is she!   30

2_ 她的勝利

看看身邊這一輛愛情的戰車， 1
裡面駕車的正是我的佳人兒！
每次拉車的都是天鵝或白鴿，
愛情駕輕就熟地引導著戰車。
只要佳人一出遊，每一顆心 5
都莫不臣服於她的花容月貌；
這些為之傾倒的人們願能夠
就這樣盡享這般的美好景致，
他們依然這樣跟跑在她身旁，
穿過刀劍和海洋，一路跟隨。 10

只要凝望著她的眼睛，雙眸
會照亮愛情世界的所有角落！
只要凝望著她的秀髮，髮絲
會和昇起的愛情星辰同閃耀！
只要留心觀察，她的額頭比 15
用來慰撫她的字句更加光滑！
從她彎彎的眉毛之間散發出
一股優雅氣息拂過整個容顏，
單單如此即生命的勝利號角
凡夫嘈嚷一生的所有得與善。 20

你是否見過潔白百合的生長，
在粗魯的雙手未去碰觸之前？
你是否曾留意過飄落的雪花，
在塵土尚未沾染弄髒它之前？
你是否曾經撫觸過海狸 25
或是天鵝那柔順的毛羽？
你是否聞過野薔薇花苞
或是烈焰裡甘松的芳香？
你是否嚐過蜜蜂的蜜囊？
喔！如此潔白！如此柔軟！如此甜美的她！ 30

1 chariot [ˈtʃærɪət] (n.)
古代由馬所拉的輕型車輛
2 enamour [ɪˈnæmər] (v.) 使傾心
（ = enamor）
3 whither [ˈwɪðər] (conj.)
無論到哪裡
4 shed [ʃɛd] (v.) 流出；散發
5 此處為柏拉圖的思想，認為天上
的和諧可弭平俗世的紛爭
6 smutch [smʌtʃ] (v.) 弄髒
（ = smudge）
7 beaver [ˈbiːvər] (n.) 海狸；河狸
8 brier [ˈbraɪər] (n.)〔植〕野薔薇
9 nard [nɑːrd] (n.)〔植〕甘松

許多文藝復興時期的詩人遵循佩脫拉克情詩的傳統，會在詩中加入勝利行進的意象。其主要目的，是在具體呈現或讚揚歌頌詩中所暗示的人或概念，如時、優雅、慈悲、名聲等。在此詩中，説話者就是以這個方式，描寫心上人舉止間所散發的優雅（grace）。

詩中有一幅雙輪戰車行進的畫面，而這個意象指的是説話者的心上人，也是暗指愛情的隱喻。心上人所到之處，吸引了所有的目光，令人莫不沉醉其中。所有人都像忠誠的騎士一般，盡職地護衛著心儀女子至天涯海角。

她為何有如此魔力，吸引住所有的目光？她有明亮的雙眸、閃閃動人的秀髮，足可媲美天上的星辰。她的美就算翻遍妥貼的語言或修辭，都不足以形容，全身散發優雅氣息的她，能消弭天上俗世之間的紛爭，將天上人間融為一體。她宛如處子之身，從未受過任何的風霜摧殘：

Have you seen but a bright lily grow,   21
Before rude hands have touch'd it?   22
你是否見過潔白百合的生長
在粗魯的雙手未去碰觸之前

接著，説話者用了許多肉體及軀體的辭彙，來描述這名舉止優雅的女性，如海狸皮、天鵝絨毛、野薔薇的花蕾及烈焰裡的甘松香。女性性感的胴體，呼之欲出。她就像蜜蜂的蜜囊，暗示著她的愛甜美如蜜。

雖然強生沿用了佩脫拉克體的文化模式，不過在他刻意營造之下，讓這首詩有了新意。如各位所見，新鮮之處並不在感情的自然流露，而是字斟句酌的修辭表現。本詩精心雕琢出一個完整意象，其目的就是要具體呈現詩中暗指之女性所散發出的「優雅」。

3_ His Discourse With Cupid
他與丘比特的對話

Noblest Charis, you that are
Both my fortune and my star,
And do govern more my blood
Than the various moon the flood[1]!
Hear what late discourse of you
Love and I have had, and true.
'Mongst[2] my Muses finding me,
Where he chanced your name to see
Set, and to this softer strain[3],

. . . .

So hath Homer[4] praised her hair;
So Anacreon[5] drawn the air
Of her face, and made to rise,
Just about her sparkling eyes,

. . . .

. . . .! Hearts of slain
Lovers made into a chain!
And between each rising breast,
Lies the valley called my nest,
Where I sit and proyn[6] my wings
After flight, and put new stings
To my shafts!

. . . .

1

5

最高貴的查莉絲
你是我的命運女神，我的星辰，
你宰治我的性命
猶勝過多變的月亮對潮水的牽引！
聽聽愛情、你和我
近來的對話，多麼真實。
我的繆思在其中找到我，
也碰巧看到了你的芳名
在這一段柔美的詩節裡，

. . . .

荷馬曾如此讚美她的秀髮；
安奈克雷昂曾如此受她的美貌風華
吸引至她面前，也曾一瞥其明眸時，
不禁站起了身軀，

15

. . . .

. . . .！被弒的愛人的心
串成一條鏈子！
在起伏波動的胸膛間，
有召喚我棲息的山谷，
我棲於其中，整理著
剛飛翔過的雙翅，並在箭軸上
裝上新的螫刺！

35

. . . .

And the girdle[7] 'bout her waist,
All is Venus, save unchaste[8].
But alas, thou seest the least
Of her good, who is the best
Of her sex; but could'st thou, Love,   45
Call to mind the forms that strove
For the apple, and those three
Make in one, the same were she.
For this beauty yet doth hide
Something more than thou hast spied;   50
Outward grace weak love beguiles[9].
She is Venus when she smiles,
But she's Juno[10] when she walks,
And Minerva[11] when she talks.

腰帶纏繫在她的腰際上，
魅力如維娜斯，卻仍具貞潔。
但唉呀！你見到的只是她
秋毫的美好，她是女性當中
最佳的典範；但是愛情，難道你   45
沒有憶起那場金蘋果之爭
那三位女神如今合而為一
結合成像她這樣一個模樣。
這樣的美麗是隱而未現的
還有更多是你未曾目睹的；   50
脆弱的愛被外在的優雅所欺瞞，
當她微笑時，她是維納斯，
當她走路時，她是朱諾，
當她說話時，她是雅典娜。

1 moon the flood，女人常被視
   為月亮和漲潮等大自然力量，藉
   以暗示女人的多變性
2 'mongst, amongst 的古字，表
   示在……之中
3 strain [streɪn] (n.) 詩歌；詩節
4 Homer，荷馬，約西元前九世紀
   之古希臘詩人
5 Anacreon，安娜克雷昂約西元
   前六世紀人之古希臘詩人
6 proyn = preen (v.)
   精心打扮自己；鳥用喙理毛
7 girdle ['gɜːrdl] (n.) 腰帶
8 unchaste [ʌn'tʃeɪst] (a.)
   不貞節的
9 beguile [bɪ'gaɪl] (v.) 欺騙
10 Juno (n.) 〔羅馬神〕司婚姻女神
   （相當於宙斯之妻赫拉 Hera）
11 Minerva (n.) 〔羅馬神〕司智慧
   的女神（相當於雅典娜 Athena）

在本詩中，強生一如往常地遵循佩脫拉克體的敘事模式，說話者昭告他對詩中暗指的女性——查莉絲的愛。查莉絲和西德尼筆下的 Stella 一樣，都將說話者玩弄於股掌間，但她不像 Stella 那般堅定。查莉絲反覆無常又善變，所以說話者才會訴諸於「月亮」、「洪水」等隱喻。

查莉絲的美，可媲美荷馬作品中最美麗的凡間女子海倫（Helen）。說話者無法抗拒查莉絲之美，為之傾倒，成為愛情的俘虜。查莉絲的胸脯，成了說話者安棲的溫柔鄉，從「起伏波動的胸膛」這個意象，可以看出肉慾的弦外之音。

查莉絲就如愛神維納斯那樣地完美無瑕，說話者猜想是否有可能將心上人的體態巨細靡遺地描繪出來。但說話者並非只是被她的美貌吸引，因為在她美麗的外表之下，還有「優雅」的儀態。說話者很恰當地用 Venus、Juno、Minerva 三位女神，來暗指心上人優美典雅的舉止。

從這三首詩可以清楚看出，強生顛覆佩脫拉克體的意象，並使用妥適的語言，塑造詩中暗指女子的舉止。詩中點出一個加諸於女性、束縛女性的概念，也就是「優雅」，而這正象徵新古典時代的精神。在強生的詩作中，可以看到刻意經營、精心打造出來的愛情。

第二篇_十七世紀早期與新古典時期

Early 17th Century and Neo-Classical

James I of England (1566-1625)

詹姆士一世鼓吹君權神授，傳統史學將詹姆士一世形容為一位自大的昏君，對清教徒與英國憲政體制多所迫害，但也有歷史學者認為他在維持國內穩定與國際關係上有一定的功勞，讓國家維持了二十年以上的穩定局面。

詹姆士一世雖被批評言行粗魯且奢靡虛華，但他卻也頗為博學。詹姆士一世下令編纂了英文版的《聖經》，讓英文透過這本讀物成為英國各階層普遍的讀寫文字。另外，1623 年詹姆士一世允許專利權的設立，對英國與世界日後的工業革命及歷史產生了深遠而巨大的影響。

新古典時期：宗教與詩的改革

若是以時代劃分，十七世紀的開端剛好是都鐸王朝的伊麗莎白女王辭世（1603），而詹姆士一世（James I）即位，成為英格蘭第一位斯圖亞特（Stuart）君王之際。在這段時期，政治與社會結構急遽變化，人民堅信的教條受到愈來愈多質疑，思想分歧不斷加遽。不論是在政治、文學抑或宗教上所發生的轉變，都掀起一股重新建構英國人傳統價值和生活方式的翻天巨浪。這個時期的重大事件有 1640 至 1660 年間的清教徒叛亂，以及隨之而來的內戰。

清教徒叛亂影響所及，不但讓宮廷生態丕變，也使得文學態度改觀。例如，伊麗莎白一世統治時期，宮廷為國家和權威的表徵，也代表揉合了權力、學術成就和自我榮耀的整體形象。宮廷詩（或十四行詩）是主要的文學形式，主從制度（patronage）對其有很大的影響。也因此伊麗莎白女王成為這時期的詩作中不斷出現的女性形象，如詩人史賓賽（Edmund Spenser, 1552-1599）的《仙后》（*Faerie Queene*, 1586）和西德尼（Philip Sidney, 1554-1586）的十四行詩系列《愛星人與星星》（*Astrophil and Stella*, 1591）等都是明顯的例子。

十七世紀初期，雖然文學創作或主從制度在型態上都逐漸改變；不過以但恩（John Donne, 1572-1631）為例，卻徹底打破了詩（外來的佩脫拉克式十四行詩）的表現方式，在他的詩作中，說話者不再哀嘆逝去的愛情和被拋棄的遭遇，也不再有自怨自艾等內容。反之，但恩的詩裡充斥著哲學冥思，思考著愛情，以及是否能將世俗和現世的問題，昇華到宗教層面等題材。但恩於是乎被封為「形上詩派」（Metaphysical Poet）的創始者，追隨者有喬治‧赫伯特（George Herbert, 1593-1633）、馬維爾（Andrew Marvell, 1621-1678）等。

形上詩派改變情詩的傳統形式，加入以理性方式創造出的巧喻（conceit）。巧喻是一種經過二次創作，而產生之刻意的隱喻（forced metaphor），也就是說，將兩個對立的具體意象強行放在一起，企圖帶給我們全然不同的觀賞之道（way of seeing）。除了但恩，班‧強生（Ben Jonson）同是這個時期的文壇祭酒。

班·強生：語言修辭的妥適性

班·強生對修辭的刻意經營與表現成就了其地位，而精心設計的修辭表現，正是新古典時代的精神所在。此外，強生的作品大多是為宮廷和朝臣所寫，因此從他的作品中可以一窺當時的文化風尚：幻想女性的優美典雅、得體舉止。這種宛如神賜的女性形象，也反覆出現在強生的詩作當中。

強生作品的特色讓他在文壇佔有一席之地，且被推為騎士派詩人（Cavalier Poet）之首，其追隨者有海瑞克（Robert Herrick, 1591-1674）、卡魯（Thomas Carew, 1595-1639）、拉夫雷斯（Richard Lovelace, 1618-1657）等人。形上詩和騎士派抒情詩，同為十七世紀早期的代表。

重現史詩傳統：約翰·密爾頓

一個不容漠視的文學巨擘，留給後世文學不容抹滅的貢獻，這就是詩人密爾頓（John Milton, 1608-1674）。他抨擊騎士派、形上詩，傾力維護史詩傳統，捍衛道德思想。

他在《失樂園》（*Paradise Lost*, 1667）之中擁護基督教信仰，為上帝的所作所為辯護。由此可見，密爾頓創造了一部空前絕後的文學鉅著，將歐洲文化轉化成一篇平衡和諧、結構嚴謹的巨幅史詩。

John Milton (1608-1674)

約翰·密爾頓，英國詩人、思想家，被推崇為僅次於莎士比亞的英國偉大詩人。他在文學上的代表作品是史詩《失樂園》，而其《論出版自由》（*Areopagitica*）一書則是言論出版史上的里程碑，是報刊出版自由理論的經典文獻。

危機與批評

1660 年，查理二世（Richard II）被迎回國都，此一歷史事件正式為十七世紀初期劃下了句點。新古典時代就從王政復辟（Restoration）後展開，一直到 1785 年為止，此年渥茲華斯（William Wordsworth, 1770-1850）出版了《抒情民謠集》（*Lyrical Ballads*）。

新古典時代的精神，可從波普（Alexander Pope, 1688-1744）的文學批評一探究竟。他在《論批評》（*An Essay on Criticism*）當中指出，這個時期的基本信條是：

次序、邏輯、克制、精確、正確、自制、妥適性等完美典範

新古典作家超越了但恩和強生的年代，以不同的技巧去模仿或重現希臘羅馬時代原創作品的主題與結構。因此，新古典主義在某種程度上，可說是一股反動的力量，對抗文藝復興時期對於人樂觀、美好、正面的評價，當時認為人的秉性良善，並且擁有向上、向善的無限潛能。反之，新古典學者卻認為人是不完美，且生來就帶有原罪的。他們看重的是人類理性思考的潛力，而非文藝復興時所強調的想像力、發明、實驗、及神秘主義。

Alexander Pope (1688-1744)

亞歷山大·波普，十八世紀英國的偉大詩人。幼年時期因患有結核性脊椎炎，造成駝背，身高不到 140 公分。曾翻譯荷馬的史詩《伊利亞特》(*Iliad*) 和《奧德賽》(*Odyssey*)。

新古典學者認為，人是理性的動物，也是藝術探討的主題。另外，他們強調藝術本身的實用性，並且以理性精神來評價藝術作品，而不是從釋放感情的角度出發。日常生活這類題材受到重視。此外，對稱、比例、統一、協調、優雅之美，則有助於教化人民遵守社會規範。

這個時期盛行的文學形式為散文（essay）、書信（epistle）、諷刺文學（satire）、打油詩（parody）、滑稽戲（burlesque）及道德寓言（moral fable）。詩文創作方面，一個以押韻對句為主的變革正蓄勢待發，終於在波普（Alexander Pope）手中大放異彩。

其他成就

這個時代其他的藝術發展，最受矚目的有英雄劇（heroic drama）、通俗劇（melodrama）、濫情喜劇（sentimental comedy）及社會風情劇（comedy of manners）。

儘管新古典主義被繼起的浪漫主義（Romanticism）所取代，不過新古典的影響力並未消聲匿跡。到了二十世紀，新古典主義的理念又再度被提起。

艾略特（T. S. Eliot, 1888-1965）在《傳統與個人才華》（*Tradition and Individual Talent*）中不斷提及新古典時代，反映出他並不認同浪漫主義對情緒與感覺的強調。艾略特認為，新古典主義注重有意識的、深思熟慮過的技巧，而這種技巧正取決於人類的理性行動與條理分明的邏輯，所以能夠「客觀地」呈現這個世界。由此可見，新古典時代的影響力是歷久彌新的。

6

Andrew Marvell

Poet of Mannerism

安德魯 · 馬維爾

矯 飾 主 義 詩 人

1672_ *The Rehearsal Transpos'd*

1681_ *Miscellaneous Poems*《詩集雜錄》

形上詩派的繼承人

安德魯·馬維爾（Andrew Marvell, 1621-
1678）是形上詩人的代表，根據山繆·約翰
生（Samuel Johnson, 1709-1784）的解釋：
「形上詩人是有學問的人，展現學識是他們
畢生的志業。」由於注重表現學問，因此到
了十九世紀浪漫主義的時代，這一派詩人即
受到冷落。

馬維爾留給後人的唯一印象是：彬彬有禮，
支持個人主義和宗教上寬容的觀念。他的詩
作不多，因此鮮少被提及。但這絲毫不減馬
維爾的影響力，他的詩常和但恩等形上詩人
相提並論。

Andrew Marvell
(1621-1678)

詩歌創作

《詩集雜錄》（*Miscellaneous Poems*, 1681）是馬維爾較為人知的作品集。至
於每首詩的創作時間，並無明確記載。在詩集中，可以看到馬維爾在詩歌創
作上的成就，當中具體呈現了雙關語（pun）、晦澀（ambiguity）、矛盾雋語
（paradox）、文字形象（literal figure）的語言，以及巧喻（conceit）這種刻意想
像的具體意象等。這些特色都是形上詩人所堅持的特質。下面兩首詩可幫助認
識這個抽象的概念。

馬維爾被譽為英詩矯飾詩風（Mannerist poem）的翹楚，他在〈致羞怯的情人〉
（To His Coy Mistress）當中，向讀者傳達了及時行樂（carpe diem，把握時光）
的精神。雖然這首詩處處流露及時行樂的觀點，馬維爾卻將之往上提升，為愛
情加上哲學冥思的光環。因此，讀者會看到及時行樂的主題和形而上的修辭表
現穿插互見。從這個角度看來，這首詩又可分為三個部分：第一段是說話者表
示他很願意歌頌讚美心上人，但前提是時間要足夠；第二段的重點在闡述光陰
苦短，鼓勵人要品嚐生命的歡娛；第三段則是，人應該勇敢追求並愉快的生活。

在另一首詩〈愛的定義〉（The Definition of Love）當中，馬維爾也像但恩一樣談論愛情的本質。馬維爾雖然沒有提出一套有系統的哲學思想，不過他利用修辭技巧和對立性，讓讀者感受到愛情的「影響」。而且這首詩有點像是柏拉圖式的愛情，企圖將世俗之情提升為神聖的愛。就如同其他形上詩人，馬維爾也具體地呈現愛情的本質，將之比擬為兩個鄰近又互相遙望的星體。一方面表現出人在戀愛時會出現的不安情緒；另一方面也傳達了清教徒主義的精神，也就是，沒有人能夠取代上帝的工作。

馬維爾成功地以具體意象創造出世俗和神聖這兩個概念，他創造了一個虛構的世界，希望藉此表達他對於愛情的實際經驗和相信上帝等想法。身為一位詩人，他成功地找出一個具體意象，讓讀者清楚瞭解抽象的思想。儘管馬維爾的文學成就鮮少被提及，但他的藝術技巧卻不會被遺忘。

美感與賞析

如果現代讀者不先認識但恩這派形上詩人的「激烈實踐」，就很難欣賞馬維爾詩文中所呈現的美感。就如其他形上詩人一樣，馬維爾將他的想像套上巧喻，這種比喻方式經常將對立物或事物的二元性，鎔鑄為一體。

馬維爾運用這種方式探索愛情和委曲求全的極限，為日常感知提出不同的看法，成就了他在文壇上的特殊地位。他也嘗試在詩中搭一座橋連結世俗與神聖、性與不可能（神或上帝）等完全對立的極端，結果產生了不安和掙扎的情緒。因此從這個角度來欣賞馬維爾，會發現其作品中的美感來自於將對立物並置所產生的效果。

選輯緣由

本章選擇馬維爾的主要原因是，他堅守了文藝復興時期及時行樂的文學主張，並且試圖將及時行樂的感官刺激和形上詩人的哲學思考融合在一起。馬維爾成功地將對立的兩者，揉合成一個和諧具體的整體意象，藉此表達出追求女性的行為風尚。因此可以這麼說，馬維爾自創一格，成為矯飾主義的偉大詩人。接著我們可以清楚看到，馬維爾如何鋪陳及時行樂的題材，以及奉勸大家把握大好時光。

1_ To His Coy Mistress

Had we but world enough, and time,   1
This coyness[1], lady, were no crime.
We would sit down, and think which way
To walk, and pass our long love's day.
Thou by the Indian Ganges' side[2]   5
Shouldst rubies find; I by the tide
Of Humber[3] would complain. I would
Love you ten years before the Flood[4],
And you should, if you please, refuse
Till the conversion of the Jews[5].   10
My vegetable love should grow[6]
Vaster than empires, and more slow;
An hundred years should go to praise
Thine eyes and on thy forehead gaze;
Two hundred to adore each breast,   15
But thirty thousand to the rest;
An age at least to every part,
And the last age should show your heart.
For, Lady, you deserve this state,
Nor would I love at lower rate.   20
But at my back I always hear
Time's winged chariot[7] hurrying near;
And yonder[8] all before us lie
Deserts of vast eternity.

1_ 致羞怯的情人

只要我們有足夠的空間和時間，　　　　　　　　　1
這份羞怯，吾愛，就不算罪過。
我們可以坐下來想想要去哪裡
散步，度過愛意彌漫的一整天。
你站在印度的恆河河畔會找到　　　　　　　　　5
紅寶石；我在恆伯河的潮水邊
詠嘆內心苦切的愛意，我會在
諾亞洪水來襲的十年前愛上你，
而妳，如果妳不介意的話，會
一直拒絕我直到世界末日來臨。　　　　　　　　10
我的愛會隨時間變化慢慢成長
比帝國的長成更慢，領域更廣：
要用一百年的時間來讚美
你的雙眸，端詳你的眉頭；
你的酥胸每一邊要用兩百年的時間來仰慕，　　　15
還有其他種種，要用上三千年的時光；
每一個部分至少都要用上一生的時間，
而最後一生要用來袒露你的心。
因為，吾愛，這是你該有的身價，
而且我也不願紆情降愛。　　　　　　　　　　　20
然而，我總是聽見身後
時間的飛輪急促地逼近；
橫亙在我們眼前的
是永恆的無垠沙漠。

1　coyness ['kɔɪnəs] (n.) 羞怯
2　Indian's Ganges' side，此處提及遙遠
　　的印度恆河，是為了表現他的愛能突破
　　空間藩籬
3　Humber，位在英格蘭東北方
4　the Flood，指《聖經》中的大洪水故事
5　指直到世界末日
6　古代認為靈魂有三大成分：植物的、感
　　覺的、理性的
7　time's winged chariot，
　　此處指太陽阿波羅
8　yonder ['jɑːndər] (adv.)〔書〕在那邊

Thy beauty shall no more be found,   25
Nor, in thy marble vault, shall sound
My echoing song; then worms shall try
That long-preserved virginity[9],
And your quaint honor turn to dust,
And into ashes all my lust: 30
The grave's a fine and private place,
But none, I think, do there embrace.
Now therefore, while the youthful hue
Sits on thy skin like morning dew,
And while thy willing soul transpires   35
At every pore with instant fires,
Now let us sport us while we may,
And now, like amorous birds of prey,
Rather at once our time devour
Than languish in his slow-chapped power.   40
Let us roll all our strength and all
Our sweetness up into one ball[10],
And tear our pleasures with rough strife
Through the iron gates of life:
Thus, though we cannot make our sun   45
Stand still, yet we will make him run.

---

9   virginity [vɜː'dʒɪnəti] (n.) 女性的貞潔
10 ball [bɔːl]，在此指男女兩性合而為一

你的美麗再也無法被目睹，   25
在你的大理石墓中也無法
再聽聞到我迴盪的歌聲，蛆蟲將會
玷污那長久以來所保有的純潔，
你的精緻尊貴將化為塵土，
而我的慾望也將化為灰燼：   30
墓地是個美好靜謐之處，
但我想沒有人會在此互相擁抱。
趁此刻，當青春的色澤
依然如朝露般地落在你的肌膚上，
當你蠢動的靈魂從身體每一個毛孔中   35
呼出激情的烈焰，
讓我們及時行樂
就在此刻，如激揚的猛禽，
寧願時間被我們一口吞噬
也不要慢慢變得氣衰力竭。   40
讓我們提振起所有的氣力
讓我們所有的甜蜜合而為一，
犧牲愉悅，艱辛地奮鬥
突破生命的鐵門：
如此，雖然我們無法遏止住太陽   45
卻能令它奔跑下去。

欣賞本詩，可以從詩中的三段語氣轉換來切入。一開始，說話者用一種假設
語氣，企圖表達願望：把握時光。說話者以「羞怯」這個字眼，希望藉此修辭
技巧來提升愛情的境界。後來，說話者態度為之一變，開始談論光陰苦短，
鼓勵心上人享受生命。馬維爾也像但恩一樣，將愛情的完整性比擬為球。最
後說話者宣稱，雖然我們無法改變日升月落的作息，卻可盡其所能地享受大
好時光。透過本詩，讀者可以認識到馬維爾如何將「把握時光」的主題和形而
上的巧喻，揉合到作品裡，並見識到馬維爾如何創造出兼具感官刺激和超凡
脫俗兩種特質的愛情。

2_ The Definition of Love

My Love is of a birth as rare   1
As 'tis, for object, strange and high;
It was begotten by Despair
Upon Impossibility[1].

Magnanimous[2] Despair alone   5
Could show me so divine a thing,
Where feeble Hope could ne'er have flown
But vainly flapped its tinsel wing[3].

And yet I quickly might arrive
Where my extended soul is fixed;   10
But Fate does iron wedges drive,
And always crowds itself betwixt[4].

For Fate with jealous eye does see
Two perfect Loves, nor lets them close;
Their union would her ruin be,   15
And her tyrannic power depose[5].

And therefore her decrees of steel
Us as the distant poles have placed
(Though Love's whole world on us doth wheel),
Not by themselves to be embraced,   20

2_ 愛的定義

我的愛情自出生便很希有   1
它的對象奇特而高貴；
它生自「絕望」
直至「不可能性」

唯有寬大的「絕望」   5
能讓我明白事物是如此神聖，
微弱的「希望」永遠無法高飛
只能揮一揮它華麗的翅膀。

而我或許能很快就抵達
我遠揚的靈魂流連的地方；   10
但「命運」釘下一根根的鐵楔，
並且總是橫阻在我們之間。

「命運」用她嫉妒的雙眼見到
兩個完美的愛，不讓它們彼此接近；
它們的結合將會摧毀她，   15
與她獨裁的力量。

於是她的鋼律鐵則
讓我們遙遙相隔各處兩極
（儘管整個愛的世界在我們面前轉動），
兩極之間無法相擁，   20

1   此處指愛情的領域，或是上帝之不可得
2   magnanimous [mæɡˈnænɪməs] (a.) 寬大的；有雅量的
3   wing [wɪŋ]，在西方，鴿子的意象代表「希望」
4   betwixt = between them
5   depose [dɪˈpoʊz] (v.) 罷免

Unless the giddy heaven fall,
And earth some new convulsion[6] tear,
And, us to join, the world should all
Be cramped into a Planisphere[7].

As lines, so loves oblique[8] may well   25
Themselves in every angle greet;
But ours, so truly parallel,
Though infinite, can never meet.

Therefore the love which us doth bind,
But Fate so enviously debars[9],   30
Is the conjunction of the mind,
And opposition of the stars.

除非旋轉的天際往下塌，
大地災變重新分裂，
若我們要相遇，整個世界
都要塌陷成一片。

猶如直線，斜線無論任何角度   25
都能交會，愛亦如是；
但我們的愛，這般的平行，
縱使無窮盡，亦無相遇之時。

因此我們緊緊相繫的愛，
被心懷嫉妒的「命運」從中作梗，   30
兩個結合的心靈，
卻分隔於天際的兩端。

6 convulsion [kənˈvʌlʃən] (n.) 抽搐
7 planisphere [ˈplænɪsfɪə] (n.) 平面球形
8 oblique [əˈbliːk] (a.) 斜的
9 debar [dɪˈbɑr] (v.) 禁止

〈愛的定義〉表面看來是在回應但恩的作品〈封愛為聖〉（The Canonization），並效法但恩詩裡的意象，或具體詞彙套上刻意想像得來的巧喻。此外，還可以發現許多經由知性和思考得來的修辭安排，如雙關語（pun）、多義性（ambiguity）、矛盾雋語（paradox）。馬維爾用這種方式帶領讀者進入詩歌的幻想世界，傾聽說話者訴說男女之間似是而非的矛盾關係。

一開始，說話者探討愛情究竟為何物，藉此將愛情從物質的層面，提升至「不可能」的層次。馬維爾脫離了佩脫拉克體強調自悲自嘆的模式。另一方面，讀者也見識到使用形上巧喻的用意，亦即，說話者讓日常生活的一切變得陌生，將對客體的感知具體化，而這個客體就叫「愛」。到了第二詩節，說話者創造一個具體意象，說明絕望與希望之間的矛盾，「希望」被賦予「鴿子」的形象：

But vainly flapped its tinsel wing   8
只能揮一揮它華麗的翅膀

接著，說話者將絕望與希望之間的緊張關係，歸咎於早已注定的「命運」。說話者繼續闡述「命運」這個概念，不過在現代讀者看來有些不可思議，簡單地說，說話者認為，完美愛情或是兩性的結合，會威脅到命運，使愛情的氣焰過度高張。這對清教主義來說是不敬的，因此命運將完美契合的兩人拆散，分離至相反的兩端，直到天地崩塌的那一刻，才可能相見。

說到分散，說話者提到可以在某處交會的斜線。然而，說話者的愛情卻是兩條平行線。這意味著不論時空如何安排，相愛的兩人要相遇是「不可能的」。不過他並未被命運擊倒，反過來說明他們的愛情，試圖將愛情納入心靈的層面，因為心靈正是將雙雙遙望的兩個人聯繫在一起的關鍵。

本詩為一個具體意象，用以說明馬維爾的知性與形上巧喻，從而揭示愛的定義。儘管對現代讀者來說，詩的遣辭用字有些自相矛盾又曖昧不明，不過馬維爾讓讀者得以從一個獨特的角度來體驗愛情的客體。

約翰・但恩（John Donne, 1572-1631）

7

John Donne

Poet of Wit

約翰・但恩

智 慧 巧 思 之 詩 人

詩的革命與哲學的調解

約翰・但恩（John Donne, 1572-1631）生於倫敦麵包街（Bread Street）一個殷實的天主教家庭。當時英國正處於反天主教和哥白尼革命（Copernican Revolution）的混亂氛圍，對科學的信念產生了一股與教會權威抗衡的力量；另一方面，也導致宗教改革運動。這兩股抗衡的勢力，在但恩的《冥想詩篇》（*An Anatomie of the World*）當中可以清楚看出。

但恩的父親早逝，留下三名子女由母親一手扶養。其母親和著名的政治諷刺文《烏托邦》（*Utopia*）作者湯姆斯・摩爾（Thomas More）有親戚關係。但恩十一歲時進入牛津大學的哈特學院（Hart Hall），三年後進入劍橋大學，但由於拒絕宣誓效忠「王權至尊法」，他在兩所大學都無法取得學位。其後在 Thavies Inn（1591）和 Lincoln's Inn（1592）兩所學校研讀法律，但並未從事過法律或相關的職務。

說到詩的革命，最顯著的例子就是他在音韻結構上所做的改變，本章將在所選的〈封愛為聖〉（The Canonization）中做說明。這首詩由五個詩節組成，每個詩節有九句，以突破性的押韻格式 ABBACCCAA 表現。這樣的變化說明但恩脫離了十四行詩，不再侷限於每個詩節只有四句的框架。

危機與信仰轉變

1590 年代對但恩來說具有特別意義，因為這段時間不僅他的人生起了變化，連信仰也有所轉變。 1593 年，但恩的手足因為收容一名天主教神父而遭逮捕。但恩的信仰因而瓦解，此一事件也反映在他的《諷刺文》裡，這個作品一開始並沒有出版，但已在朋友間流傳開來，後來但恩又寫下《詩歌與十四行詩》。之後，但恩就「悄悄地」放棄了天主教信仰，轉而信奉英國國教。

雖然但恩的父親留下一筆龐大遺產，但他並未妥善運用這筆金錢，而是花費在女人、書籍、戲院和旅行上。這些經驗對日後的創作有很大影響，他在詩裡思考著如何藉男女兩性，讓人們明瞭我們與上帝之間類似的關係。

文學地位

但恩在文學上佔有舉足輕重的地位，是十七世紀初期文學發展的代表人物。十七世紀初期，正值詹姆士一世（James I）即位到 1660 年查理二世（Charles II）復辟這段期間。

但恩一生深受佩脱拉克情詩和天主教會贊助制度的影響。所謂的佩脱拉克情詩，有兩種代表風格：一是華麗甜美的連結押韻，如史賓塞的《小情詩》（*Amoretti*）；另一個則是險峻熟悉、在懷亞特情詩中可見到的主要風格。另外，由於其宗教背景，在他的作品中可見許多虔誠的宗教典故，如三位一體（trinity）的概念等。

雖然但恩深受教會與佩脱拉克情詩的影響，但他並沒有被佩脱拉克情詩的傳統所束縛，他為詩歌創作開啟了一個不同的視野，不過並未全盤捨棄前人對他的影響。按照雷蒙‧威廉斯（Raymond Williams, 1921-1988）的説法，但恩的詩中還殘留著這兩種傳統的文化餘毒。他的詩充斥著對這兩方影響的省思，也因而創造出另外一個傳統，也就是形上詩派（Metaphysical school of poets）。

若要認識但恩傳承下來的文學譜系，讀者就得對「形上詩人」這個名稱做一番了解。「形上詩人」一詞就屬約翰生（Samuel Johnson）的解釋最為貼切，「博學講理之士，因而是以詩表達心中意念，而非訴諸於詩歌。」

因此可以説，形上詩人不僅僅是注重技巧的藝術家，更應該説是客觀敏鋭地觀察生命的人。但恩擷取了大量的客觀材料，從中粹取出愛情的本質，再將人類心理層面的精神活動重新呈現出來。

艾略特（T. S. Eliot）提出的集體客觀（collective objectivity），可助我們了解這種超然的觀賞之道。也就是説，詩人和被描述的對象保持一段距離，因而發展出感受的離異（dissociation of sensibility），這是説，詩人只是「人情事故的觀察者，而不是參與者；冷眼觀看善與惡，沒有任何喜好，不帶任何情緒。」

大體說來，但恩的詩最大特色在於，被描述的對象平日給人的感覺在他筆下變的不一樣了。從這個角度來看，他的詩充滿著矛盾的辯證張力，因此也為生活的雋永（wit），提供一個可供思考的空間。

但恩詩中的矛盾雋語，不僅讓現代人困惑不已，連和他同一時代的人也百思不解。不過令當時的人更不解的是，他脫離佩脫拉克情詩的傳統，轉而投身詩和體裁上的革命。例如，在佩脫拉克情詩裡，藉由巧喻（conceit）可直接表達出一個人的想像，如玫瑰就代表熱情或愛情。不過但恩扭轉這種觀念，將之改變為一種冥想，思考如何將肉體與聖潔之愛、世俗和神聖揉合成一體，藉此將他對「愛情」的權謀和實驗介紹給世人。但恩的詩作也觸及當時新興的哲學——科學。

基於以上所述，欣賞與理解但恩之道就在於，讀者必須仔細觀察他作品的呈現和內容形式。從表現形式來看，但恩有一種細膩的修飾法。在內容方面，但恩企圖剔除我們對世間萬物熟悉的感知，建立一套他自己的概念體系。

欣賞但恩的詩作還可從另一種角度切入，也就是他「二合一」與「一分為二」的美學。當但恩談到愛情，他會以戀人的關係來說明如何分離、如何復合。對於追求愛情，他們在「另一方」裡面迎接彼此、接近對方、一同享樂、進而簽下盟約，就像〈跳蚤〉（The Flea）這首詩所暗示的。因此，欣賞但恩的詩，應該從「分離」這個概念切入，並且看但恩是如何將兩個南轅北轍的元素重新融合在一起。

選輯緣由

本章選輯的詩篇，目的在了解但恩為詩所付出的心血，以及他對於如何將世俗之愛提升到聖潔之情所做的哲學省思。像〈跳蚤〉這首簡單的詩，就讓讀者見識到但恩如何以「具體形象」來呈現愛情的本質。至於〈封愛為聖〉本質上是在說道，詩中不僅以具體意象說明情為何物，更傳達了道德教訓。

1_ The Flea 跳蚤

Mark but this flea, and mark in this   1
How little that which thou deniest me is;
Me it sucked first, and now sucks thee,
And in this flea our two bloods mingled[1] be;
Thou know'st that this cannot be said   5
A sin, nor shame, or loss of maidenhead[2],
    Yet this enjoys before it woo,
    And pampered[3] swells with one blood made of two,
    And this, alas, is more than we would do.

注意看看這隻跳蚤，仔細瞧瞧   1
便可明白你對我的拒絕何其不足為道：
牠先吸了我的血，現在又吸了你的血，
你我的血液交融在這隻跳蚤的身體裡，
你明白這不能算是一種罪惡、   5
也不算是恥辱，或是貞潔的喪失，
    在尚未求歡之前便如了意，
    任兩人的血漲滿牠的身軀，
    而這，哎呀，我倆做不到。

---

1   mingle [ˈmɪŋɡəl] (v.) 混合
2   maidenhead [ˈmeɪdnhed] (n.) 處女性
3   pamper [ˈpæmpər] (v.) 縱容；姑息；〔古〕使飲食過量

Oh stay, three lives in one flea spare[4],   10
Where we almost, nay more than married are.
The flea is you and I, and this
Our marriage bed, and marriage temple is;
Though parents grudge[5], and you, we are met
And cloistered[6] in these living walls of jet.   15
    Though use[7] make you apt to kill me,
    Let not to that, self-murder added be,
    And sacrilege[8], three sins in killing three.

Cruel and sudden, hast thou since
Purpled thy nail in blood of innocence?   20
Wherein could this flea guilty be,
Except in that drop which it sucked from thee?
Yet thou triumph'st, and say'st that thou
Find'st not thy self nor me the weaker now;
    'Tis true; then learn how false, fears be;   25
    Just so much honor, when thou yield'st to me,
    Will waste, as this flea's death took life from thee.

---

4   three lives in one flee spare，此處說跳蚤變成了空間，像是
    一個房間、甚或宗教場所
5   grudge [grʌdʒ] (v.) 怨恨
6   cloister ['klɔɪstər] (v.) 幽閉於修道院中；與世隔絕
7   use [juːs]，在此指「習慣」
8   sacrilege ['sækrɪlɪdʒ] (n.) 瀆神的行為；悖理逆天的行為

啊！且慢！饒恕這懷有三條性命的跳蚤吧，　　　　　10
我們不僅僅只是在牠的身體裡完成了婚姻。
這跳蚤不僅是你、是我
也是你我的新床、我倆婚姻的聖堂；
雖然父母多有微詞，你也心生猶豫，
但我們終究在這活動的漆黑四壁間幽會了。　　　　15
　　雖然你出於習慣欲取我性命，
　　但也別因此賠上了自己的命，
　　一殺三命三重罪，褻瀆神聖。

殘忍而猛然地，你居然
任指甲沾染了無辜的血液？　　　　　　　　　　20
這隻跳蚤何罪之有，
除了從你身上吸走一滴血液？
而你貌甚得意，說如今
你或我都不用被欺負了
　　的確如此，足見當初的恐懼之多餘；　　　　　25
　　當你委身於我，你所會損失的名譽
　　並不多於一隻喪命於你手下的跳蚤。

人們平常根本不會把「愛情」的本質，和不起眼的「跳蚤」聯想在一起。這種把日常感知抽離的手法，正是但恩的一大特色。這首詩有許多跟宗教有關的意象語，在但恩的時代，人們認為性行為就是血液的交融。但恩將性慾與對「上帝」的愛，並置寫入這首詩中，又將對上帝之愛，比喻成這隻跳蚤。整首詩似乎偏重在跳蚤之死，意味著人與上帝之間遊離的關係。

〈跳蚤〉將但恩對於「愛」抽象且形而上的概念，具體地呈現了出來。並且讓日常生活中微不足道的小東西，產生辯證的張力，而詩人就藉由對這個小東西的矛盾情緒，宣講了一堂關於愛的教訓，同時也讓我們注意到對上帝的愛。

2_ The Canonization[1]

(18) For God's sake hold your tongue, and let me love,   1
Or childe[2] my palsy[3], or my gout[4],
My five gray hairs, or ruined fortune, flout[5],
With wealth your state, your mind with arts improve,
Take you a course, get you a place,   5
Observe His Honor, or His Grace,
    Or the King's real, or his stamped face[6]
Contemplate; what you will, approve,
So you will let me love.

Alas, alas, who's injured by my love?   10
  What merchant's ships have my sighs drowned?
Who says my tears have overflowed his ground?
  When did my colds a forward spirit remove?[7]
    When did the heats which my veins fill
    Add one man to the plaguy bill[8]?   15
Soldiers find wars, and lawyers find out still
  Litigious[9] men, which quarrels move,
  Though she and I love.

2_ 封愛為聖

看在上帝的份上，莫開口說話，讓我愛你，   1
你或可嘲笑我的病痛，
嘲笑我頭髮斑白、家道衰微，藐視我，
　　仗恃著你的富貴與才智，
走你的路，找到立命之處，   5
奉守殿下的榮耀，或是神的恩典，
或是國王的聖容，或是金幣上的肖像
　　細細思量；接受你所意欲的，
　　如此你也會容我愛你。

啊，我的愛何曾傷了誰？   10
　　我的嘆息翻覆過哪家的商船？
誰控訴過我的淚水淹沒了他的田地？
我發冷，何曾推遲了春天的到來？
當我發熱血脈沸騰時
　　瘟疫名單又何曾增加過一人？   15
士兵尋找戰爭，律師則尋找
好興訟之人，諍諍嚷嚷，
無關乎她與我相愛。

1　canonization [ˌkænəniˈzeɪʃən] (n.) 封為聖徒
2　childe，相當於現代英語中的 mock at（嘲笑……）
3　palsy [ˈpɔːlzi] (n.) 麻痺；癱瘓
4　gout [ɡaʊt] (n.) 痛風
5　flout [flaʊt] (v.) 輕蔑
6　stamped face，指錢幣上的國王肖像
7　此處讓人聯想到佩脫拉克的情詩傳統，也就是說話者由於情人的忽視而傷悲
8　plaguy bill，此處指教區每週記錄的熱天疫情清單
9　litigious [lɪˈtɪdʒəs] (a.) 好與人爭論的

Call us what you will, we are made such by love;
    Call her one, me another fly,   20
We're tapers too, and at our own cost die[10],
    And we in us find the eagle and the dove[11].
        The phoenix riddle hath more wit
        By us: we two being one, are it.
So, to one neutral thing both sexes fit.   25
    We die and rise the same, and prove
    Mysterious by this love.

We can die by it, if not live by love,
    And if unfit for tombs and hearse[12]
Our legend be, it will be fit for verse;   30
    And if no piece of chronicle[13] we prove,
        We'll build in sonnets pretty rooms;
        As well a well-wrought urn[14] becomes
The greatest ashes, as half-acre tombs,
    And by these hymns, all shall approve   35
    Us canonized[15] for love:

And thus invoke[16] us: You whom reverend love
    Made one another's hermitage[17];
You, to whom love was peace, that now is rage;
    Who did the whole world's soul contract, and drove   40
        Into the glasses of your eyes
        (So made such mirrors, and such spies,
That they did all to you epitomize[18])
    Countries, towns, courts: Beg from above
    A pattern of your love!   45

隨任你稱喚我們，愛成就了這般的我們；

    你可以將她或我稱作蠅蟲，   20

我們也是燭芯，以性命相酬，

    我們在自身中看到了鷹與鴿。

        鳳凰之謎因我倆更富意味：

      我們合而為一，正是其寫照。

兩個性別就這樣安適於一，   25

    我們同樣一般地死去，復活，

    這份愛，顯證了「奧秘」。

我們隨愛而死，若非隨愛而生，

    我們的傳說要是和墳墓靈車不相稱

那它就適合於被歌詠；   30

    如果我們未在史冊上留下足跡，

那我們可以在十四行詩中建築華屋；

    一個精緻的骨灰甕

不下於半畝大小的墓地，

    藉由這些讚美詩，所有人都見證了   35

    我們因愛而封聖：

人們這樣向我們呼求：尊奉愛情的你們

    成為彼此的避居之所；

你們的愛情一度靜謐，如今狂烈；

    你們凝縮整個世界靈魂

        將之箝進彼此的眼中   40

    （製成如此的明鏡，

向著你們映照出一切）

    國家，城鎮，宮廷：向上天祈求

    擁有像你們一般的愛！   45

10 喻兩個戀人好比兩支蠟燭，吸引著像是飛蠅的彼此

11 eagle and the dove，喻對立物的結合，如陽剛與陰柔、強與弱

12 hearse [hɜːrs] (n.) 靈車

13 chronicle [ˈkrɑːnɪkl] (n.) 歷史

14 urn [ɜːrn] (n.) 骨灰甕；墳墓

15 canonize [ˈkænənaɪz] (v.) 封為聖徒

16 invoke [ɪnˈvoʊk] (v.) 懇求

17 hermitage [ˈhɜːrmɪtɪdʒ] (n.) 隱士住處

18 epitomize [ɪˈpɪtəmaɪz] (v.) ……的縮影

在這首詩中，但恩安排了許多客觀的畫面和一些歷史真相，當作「封愛為聖」的有力論據。這首詩和〈跳蚤〉在形式上有異曲同工之妙，但恩將兩個追尋自我的不同個體結合起來，成為空間巧喻，譬如「隱士住所」。結構方面，本詩由五個詩節組成，每節九句。

一開始，說話者指出愛情所面臨的阻礙，主要來自社會地位和財富。第一個詩節的開端是抽象的祈願，而且是以聆聽這首詩的人為祈求的對象。接下來的詩句讓人想起佩脫拉克式情詩，不過但恩一反悲嘆的調子，改採社會評判的口吻，表現出對社會現實的關懷，而非抒發內心的感情。

到了第二個詩節，一連串的問題馬上把讀者的注意力轉移到愛情一貫的特性上：愛情總是充滿痛苦和不幸。同時愛情還被拿來和一些平常的認知相比。這個詩節想表達的是，愛情對社會並未造成傷害，社會不應該阻攔。接下來，說話者解釋愛情的本質，而這並非任何名稱所能概括的：

Call us what you will, we are made such by love;   19
隨任你稱喚我們，愛成就了這般的我們

這是形上詩人所採用的象徵，但恩直接把愛情比擬為「飛蠅」、「蠟燭」、「鷹與鴿」、「鳳凰」這些愛情神秘的元素。這當中一方面有瀆神的性慾，另一方面也看到鳳凰這個意象，象徵愛情超越了世俗，昇華成對神的虔敬之心。但恩就在這種矛盾中間，鋪陳他對「封愛為聖」的想法。

第四個詩節當中，詩人把重點放在，用詩歌的形式將戀人的愛情封為聖徒。此處暗指莎士比亞的詩句，「當你長存於不朽詩篇，只要人存一口氣，眼因妳芳名已成不朽詩篇，除非人世已經滅絕無生，此詩必將永傳與汝永恆。」

同樣地，詩人也採用這個意象，因此愛情成了證明戀人倆存在的試金石，詩人也思考著如何讓「愛」化為永恆：

And by these hymns, all shall approve   35
Us canonized for love.   36
藉由這些讚美詩,所有人都見證了
我們因愛而封聖

第五個詩節的重點在於,讓世人了解,整個世界就存在於兩個戀人之間。在「隱士住所」這個意象中,充滿了辯證的張力。這和地球的科學探索或哥白尼顛覆人類認知的革命,都是背道而馳的。從這個角度來看,但恩將世俗和精神的愛情混合起來,以證實自己對愛情的哲學見解。因此,他試圖為人類樹立一個愛的典範:

A pattern of your love!   45
與你們同等模式的愛情!

透過本詩,不僅讓人了解了詩人對愛的本質所做的思考,更揭示了詩人所處的社會和歷史現實。

8

Robert Herrick

Son of Jonson

羅伯‧海瑞克

強生之子

1648_ Hesperides《金蘋果園》;

Noble Numbers《聖詠集》

最傑出的騎士派詩人

羅伯・海瑞克（Robert Herrick, 1591-1674）是騎士派詩人中的佼佼者，也是班・強生的忠實門生。他與強生之間緊密的互動，可從〈致強生祈禱文〉（His Prayer to Ben Jonson）這篇紀念強生的詩作中看出端倪，他也因此被視為「強生之子」。他作品裡出現的慈父形象，複雜多重，範圍涵蓋了文學上的父親（班・強生），到上帝的天父形象，這些慈父角色整合為一個完整的形象，成了海瑞克詩裡不斷探索的題材。

此外，海瑞克的詩也符合新古典文學的典型，亦即，妥適性（decorum）與修辭學。從他的抒情詩可以看出，其精髓是取決於和諧的修辭用語。真正愛好詩歌的人，可以從他的詩中得到雅趣，他也提出一種不同的觀點來看待「愛情」，也就是紊亂中的欣喜。這種修辭學上的矛盾修飾法（oxymoron），是海瑞克的詩吸引人之處。

悲慘童年與「父」之追尋

海瑞克在詩中尋找父親的形象，其原因或許可以追溯到父親尼可拉斯（Nicholas），於 1592 年在自家樓上跳樓身亡。海瑞克童年是在做金匠的叔父家中度過，喪父對他造成很大的影響，尤其是在他成長的階段。他到了很晚才取得學位。

儘管命運乖舛，海瑞克卻不怨天尤人。從另一角度來看，也許正是這樣的命運造就了海瑞克。但說到人生的方向，海瑞克仍是茫然不知所從。他喜歡和恩師班・強生討論文學，改進自己的作品。儘管他把生活的重擔拋到腦後，但這些壓力從來不曾消失過。也因為如此，他只得接受教會的安排，無奈地前往戴文郡（Devonshire）的丁派爾（Dean Prior）教區，海瑞克到辭世之前一直在鄉間擔任牧師。

詩與想像中的女性

海瑞克於 1648 年出版詩集《金蘋果園》（*Hesperides*），當中收錄他許多知名的詩作。《金蘋果園》這個名字是取自守護金蘋果樹的幾個女神，果樹是蓋亞（Gaea）送給赫拉（Hera）的結婚賀禮。海瑞克的詩裡經常出現虛構的女性，他

對有著異國味道的女性名字存在許多幻想，像是 Corinna、Sappho、Anthea 或 Electra 等。而在詩中，最吸引海瑞克的女性則是 Prudence，她為海瑞克打理房子，照料一切日常瑣事。海瑞克也藉由女性形象傳達追求快樂的人生觀——及時行樂（cape diem），這正是英國新古典主義所呈現的景象。

Corinna's Going A-Maying 是海瑞克最成熟的詩集，這首詩是在探討與大自然的妥協，以及自然之神；而在 To the Water Nymphs Drinking at the Fountain 和 To His Conscience 等詩當中，直接點出了清教主義和異教的神祇雙重扭轉的影響，清教徒也許會很震驚地發現到，他們的牧師居然是個披著清教外衣的異教徒。

美感與賞析

海瑞克的美學成就在於，他將許多二元性，諸如上帝與自然、意義與情感、混亂與愉快等，並置寫入詩中。此外，要欣賞他的作品之美，就得正視父親形象對其作品的重要性，以及他對刻劃人性心理的投入。另一個重點在於，他在詩裡精心雕琢出的女性形象。他所營造出的女性形象是隱含在字裡行間，環環相扣的。正是這樣的自由聯想（free association），突顯出強調意義與情感同時存在的特性。

選輯緣由

海瑞克開啟一種傑出的詩學理論，觸動了人類既想依附又想追求自主的矛盾情感，而這正是人類心理發展的一大特色。因此，女性形象的多重意義，就彰顯出海瑞克的自覺，以及他含蓄的道德態度。

在本章裡，可以清楚見到傳承自班·強生的文化傳統，在海瑞克的筆下到達巔峰。本章所選輯的詩也很具體地說明，女性角色是如何佔據重要地位，激發海瑞克的創作靈感，並且喚起人類不服輸的鬥爭心理。

1_ Upon the Loss of His Mistresses

(19)

I have lost, and lately, these   1
Many dainty[1] mistresses:
Stately[2] Julia, prime of all[3];
Sappho[4] next, a principal;
Smooth Anthea[5], for a skin   5
White and heaven-like crystalline;
Sweet Electra[6], and the choice
Myrrha[7], for the lute and voice;
Next Corinna[8], for her wit
And the graceful use of it,   10
With Perilla; all are gone,
Only Herrick's left alone,
For to number sorrows by
Their departures hence, and die.   14

---

1 dainty ['deɪntɪ] (a.) 嬌貴的
2 stately ['steɪtlɪ] (a.) 高貴的
3 prime of all 最美的
4 Sappho，古希臘的女詩人
5 Anthea，古希臘女神 Hera 的稱號
6 Electra，希臘悲劇中先弒母後殺害情人的女子（Electra complex，即指戀父情結，相對於戀母情結 Oedipus complex）
7 Myrrha 在希臘神話中為 Theias 之女，Adonis 之母
8 Corinna，古希臘女詩人，約西元前六世紀人

1_ 他失去的情人

近來，我失去了，這些   1
許多的佳人們：
高貴的茱莉亞，她豔冠群芳；
接著是莎荸，首席女演員；
還有溫雅的安希亞，她的肌膚   5
白皙透亮如天上的水晶；
甜美的伊萊翠，萬中選一
的米拉，琴藝與歌聲特別動人；
接著是科瑞娜，她深富機智
展現時特別優雅，   10
還有普莉拉；皆已離去
獨獨留下海瑞克，
感受她們就此離去的種種傷痛
直至死去。   14

在這首詩中，可以很明確地感受到女性形象隱含了豐富多重的意義，從希臘悲劇乃至於海瑞克的情人們，都成為其指涉的對象。詩中每一個名字都代表一個事件，藉以說明說話者和被提及女子之間的關係。海瑞克將那些人物隨意串連起來，雕琢出他心目中的理想女性。

這首詩一開始，說話者就訴說他被「情人」拋棄了。讀者也許會被複數的情人（mistresses）給弄得一頭霧水。簡單地說：被一個情人拒絕的經驗，讓說話者想起那些過往。說話者舉出多名女子，此處的多重暗示，顯示出海瑞克對理想女性形象無止盡的追尋。

雖然這首詩彌漫著一股憂傷的情緒，不過仍然可以感覺到，說話者試圖將情緒的宣洩，提升到詩意的境界，以包羅逝去的戀情。從這個角度看來，暗自傷悲的說話者未死；他反而因此認清了什麼才是他理想的愛。

2_ His Farewell to Sack[1]

Farewell, thou thing, time past so known, so dear   1
To me as blood to life and spirit[2]; near,
Nay[3], thou more near than kindred, friend, man, wife,
Male to the female, soul to body, life
To quick action, or the warm soft side   5
Of the resigning yet resisting bride.
The kiss of virgins; first fruits of the bed;
Soft speech, smooth touch, the lips, the maidenhead;
These and a thousand sweets could never be
So near or dear as thou wast[4] once to me.   10
O thou, the drink of gods and angels! Wine
That scatterest spirit and lust; whose purest shine
More radiant than the summer's sunbeams shows,
Each way illustrious[5], brave; and like to those
Comets we see by night, whose shagg'd portents[6]   15
Foretell the coming of some dire[7] events,
Or some full flame which with a pride aspires,
Throwing about his wild and active fires.
'Tis thou , above nectar[8], O divinest soul!
(Eternal in thyself) that canst[9] control   20
That which subverts[10] whole nature; grief and care,
Vexation[11] of the mind, and damned despair.

....

2_ 他對薩克酒的道別

再會了，杯中物，過去我對你如此熟悉，如此珍視　　　　　1
之於我曾猶如鮮血之於生命與靈魂；親近如，
不，親近更甚於親人、朋友、人類或妻子，
更甚於男性之於女性、靈魂之於身體，生命
之於瞬間的活動，或是欲迎還拒之新娘的　　　　　　　　　5
溫暖而柔情的那一面。
少女的親吻；苗圃初生的果實；
溫和的言語，輕柔的撫觸，紅唇，少女的純潔；
這種種的一切，與一千個美好，也永不及
我曾與你有過的親暱。　　　　　　　　　　　　　　　　10
你啊，諸神與天使的飲品！酒
灑落在精神與慾望上；它純淨的光芒
比夏日的陽光更加閃耀四射，
從哪裡看都無不輝煌燦爛；彷彿那些
夜晚所見的彗星，那拖曳著尾巴的預兆　　　　　　　　　15
預告著災難的時之將至，
或是挾帶著它熊熊不羈的烈焰，
在各處投下它狂野的熾火。
這是你，更勝於瓊漿玉液，喔，無上聖潔的靈魂！
（你自身的永恆）能夠控制　　　　　　　　　　　　　20
那足以毀滅大自然的力量；還有苦痛，關愛，
內心的苦惱，以及受詛咒的絕望。

....

1　Sack，一種葡萄酒，以此比喻其耽溺的對象，即「情人們」
2　life and spirit = human being 人類
3　nay [neɪ] (adv.)〔古〕不
4　wast，古英語，即今之 were
5　illustrious [ɪˈlʌstriəs] (a.) 顯著的
6　portent [ˈpɔːrtənt] (n.) 凶兆；前兆
7　dire [daɪr] (a.) 可怕的
8　nectar [ˈnektər] (n.) 瓊漿玉露
9　canst，古英語，can 之第二人稱單數現在式，僅與 thou 連用
10　subvert [səbˈvɜːrt] (v.) 推翻；破壞
11　vexation [vekˈseɪʃən] (n.) 苦惱

Let others drink thee freely, and desire
Thee and their lips espoused, while I admire
And love thee but not taste thee. Let my muse   25
Fail of thy former helps, and only use
Her inadulterate[12] strength. What's done by me
Hereafter shall smell of the lamp[13], not thee.

就讓其他人盡情地飲下你吧，
讓他們渴望你，雙唇信奉你，而我仰慕你
鍾愛你，但我不會品嚐你。且讓我的繆思   25
不再接受你以前那般的相助，
她現在只要純然用她的力量。就讓我
從此在燈火的煤味下工作，不再依靠你。

12 inadulterate (a.) 純淨的
13 smell of the lamp，此處指在四輪馬車上勞動，油燈散發著臭
    味，詩人就在此惡劣情況下辛勤工作

在這首詩中,「薩克酒」(Sack)具有多重意義:一方面「薩克酒」是指來自西班牙的雪利酒;另一方面,這種酒的滋味顯現了海瑞克對他的諸多情人在肉慾和感官上,有著不同的態度。

詩一開始,說話者就揮別所嗜之物,這裡所指之物有雙重意義,一是說話者所貪的杯中物,另一個則是指情人。雖然是說話者對著葡萄美酒說話,但事實上卻是酒讓說話者想起了種種的回憶。在這首詩中,說話者用許多感官和肉慾的暗示,來提升他的薩克酒(情人)的重要地位。

但幸福的日子維持不了多久,從「shagg'd portents」(拖曳著尾巴的預兆)得知悲劇即將降臨。在本詩省略的部分中,說話者談到薩克酒的重要性不亞於繆思女神,同樣都有助詩人創作。而且說話者還把薩克酒和瘋狂的魔力聯想在一起,把薩克酒塑造成另一種有別於「智慧、藝術和大自然」的創造力。

在最後,說話者說出了他對薩克酒充滿矛盾的看法,一方面,它是隨手可得的杯中物;但另一方面卻又如此崇高,遠遠地不讓人親近。正如他所感嘆的,揮別了所嗜之物,反而讓他得到創作的靈感,忘情地投入筆耕之中。

這首詩將海瑞克對肉慾和感官的暗示,具體呈現了出來,而他也求得了愛慾對象,也就是一個綜合許多東西和他的「情人們」的意象。

3_ To the Virgins, to Make Much of Time

Gather ye[1] rosebuds while ye may   1
    Old time is still a-flying;
And this same flower that smiles today,
    Tomorrow will be dying.

The glorious lamp of heaven, the sun,   5
    The higher he's a-getting,
The sooner will his race be run[2],
    And nearer he's to setting.

That age is best which is the first,
    When youth and blood are warmer[3];   10
But being spent, the worse, and worst
    Times still succeed the former.

Then be not coy, but use your time,
    And while ye may, go marry;
For having lost but once your prime,   15
    You may forever tarry[4].

1　ye [jiː] (pron.)〔古〕你
　　們；你
2　說話者將時間比擬為太陽
　　的運行，暗示時光的流逝
　　只在一瞬間
3　在海瑞克的年代，人們相
　　信血液的種類代表人的熱
　　情。年輕人有「熾熱」的
　　血氣，所以用指「激情」
4　tarry ['tæri] (v.)〔文〕耽
　　擱；遲延

3_ 給少女的勸告：及時行樂

有花堪折直須折，   1
    昔日光陰依然不斷飛逝；
今日含笑的花朵，
    明日將萎去。

天上的明燈，太陽，   5
    冉冉升得越高，
便越快抵達終點，
    越近日落之時。

荳蔻年華最美好，
    青春熱情最熾烈；   10
隨著光陰荏苒，江河日下，
    時光依然奔流而去。

所以抓緊時機莫害羞，
早早嫁個如意郎；
青春一去不回頭，   15
一旦蹉跎一生錯失。

這首詩的主題，亦是「把握時光」。一開始，說話者鼓勵心上人和他一同享樂，他將光陰比擬為「花朵」的生命歷程，他提醒心上人切莫虛度光陰，也不要陷在永無止盡的等待裡，要好好把握年輕的晨光，「有花堪折直須折，莫待無花空折枝」。在這首詩裡，海瑞克創造了一個繁花似錦又有綠葉遮蔭的世界，當中洋溢著充滿生命力的感官之美，充滿喜悅的想像和靈魂的瞬乎飛逝，一個充滿愛與熱情的氛圍，於焉而生。這首詩再度傳達出海瑞克對愛情的宣洩，也是意義與情感兼具的。

第三篇 浪漫主義之革命時代

Revolutionary Age of Romanticism

American Revolution

美國獨立革命發生於 18 世紀下半葉，並於 1775-1783 年間爆發了獨立戰爭。「啟蒙運動」和「科學革命」都為美國獨立鋪了前路，一些美國開創者採用了政教分離與關於自由的觀點。1776 年 7 月 4 日，第二次大陸會議批准通過《美國獨立宣言》（ United States Declaration of Independence ），這一天後來也就成為了美國的獨立紀念日。最後，美國獨立革命成功，北美十三州脫離大英帝國，遂創建了美利堅合眾國。

受到美國獨立革命的影響，法國大革命於 1789-1799 年間爆發，最後導致在法國行使數世紀的君主封建制度就此瓦解。法國大革命也拉開了現代社會的帷幕，包括共和國的成長、自由民主思想的傳播、現代思想的發展等。

邁向浪漫主義：爭取自由與個人主義之路

浪漫主義（Romanticism）是興起於 18 世紀的一股思潮，大約發生在 1790 年工業革命開始的前後。而在學術界，則將 1786 年威廉‧渥茲華斯（William Wordsworth, 1770-1850）發表《抒情民謠集序》（*Preface to The Lyrical Ballads*）的時間點視為浪漫主義的開端。這是因為在浪漫主義之前的一代，到了十八世紀中葉多已凋零，而諸如威廉‧布雷克（William Blake, 1757-1827）等前浪漫派詩人或作家，則紛紛在此際發表作品。

浪漫主義涵蓋的層面寬廣多元，包括政治、歷史、文學、藝術等，是一個影響廣泛的文化潮流。在此我們概括地介紹浪漫主義的特色及其文化模式。

說到政治及歷史，我們馬上會想到「美國獨立」（於 1775-1783 年間爆發了獨立戰爭）與「法國大革命」（1789-1799）。這兩場大革命無論在政治或文學方面，都為浪漫主義思想家打出了一條革新之路。

舉例來說，雪萊（Percy Bysshe Shelly, 1792-1822）在〈西風頌〉（Ode to the West Wind）中，表達了他對革命的熱誠，以及對社會本體與結構變革的期待。政治上的反對聲浪及革命主張，主要是受到一些重要議論的影響，例如佩恩（Tom Paine, 1737-1809）的《人權論》（*Rights of Man*, 1791-2），即在倡導英國的公共民主。另外，資本家和英國工業社會漸行漸遠，而城鄉之間的辯證關係，也成為大眾關注的焦點。

改革的想法，在文學作品中也清楚可見。例如渥茲華斯就在《抒情民謠集序》當中，表明他對改變文學形式與內容的態度。先說文學的表現形式，渥茲華斯反對新古典時期所主張的「詩的用語」（poetic diction），這個主張後來成為強調妥善性的修辭法。渥茲華斯認為，詩人應該採用一般人的語言，而非華麗奪目的詞藻。由此看來，他也改變了詩人的社會地位。他認為，詩人就是對他人說話的人，因此我們要探討發自內心的詩歌創作，以及對創作自由的追求。

人的同情心，長久以來囿於理性思考的規範，而強烈情感的自然流露目的，就在喚起壓抑已久的同情心。渥茲華斯在〈我心雀躍〉（My Heart Leaps up）當中，以心靈（heart）來對抗理智（mind），試圖找回看到天際一道彩虹時的那份感動。渥茲華斯和其他思想家藉著這個主張，希望打破箝制詩歌創作的規則。他也企圖解放向來被視為非理性的想像力。想像力（imagination）得到解放，也開闊了詩歌的題材，詩人的創作不再侷限於歌頌人的超凡卓越，也開始將注意力轉向社會底層的普羅大眾。

尋常百姓在社會分工的機制下，淪為被剝削的一群，而詩的改革收到了關注平民百姓的效果。在內容方面，詩人將平凡無奇的事物，提升到詩的崇高境界。藉此，一般人得以表達出對於經濟措施主導文明進展的強烈不滿。

渥茲華斯認為，這些題材都適合入詩；一方面可彰顯社會的不公義，另一方面也顯示出詩的題材不再被侷限，不再嚴格遵守詩歌法則的傳統標準，而是拓展到日常生活中的點點滴滴或意外驚奇。詩歌從有限的題材中解放出來，意味著浪漫派思想家的思維，從此可無拘無束，任意馳騁。

詩歌改以平凡事物為題，另一個重要的特點就是，對「人」這個概念有了不同的看法。新古典時期「人」被賦予許多想像，人是完美的形體，具有各種理想特質。不過浪漫派詩人扭轉這些理想典型，將關注焦點放在受剝削的廣大群眾。而浪漫時期的詩歌之所以成功，原因就在於呈現出貼近平民的普通生活。而「人」的概念有所轉變，喚起了人的同情心，也讓人們開始正視社會結構攸關人類生存這個道理。

自然、想像力與創造性

浪漫派和前人最大的不同，就在於看待大自然的態度。由於理性的約束，浪漫時代以前的人，只把自然當作觀察的對象，甚至是供人類使用的資源。至於大自然的聲音與神秘色彩，則被分割成為知識的客體。這箝制了英國的田園詩傳統，僅強調城市生活，並視之為人類理性能力的展現。

不過，浪漫派詩人重新找回田園詩傳統，並且經常將詩中的場景設在鄉間或田野，和城市生活形成強烈對比。這是由於人們遠離了大自然的懷抱，浪漫派因此想表達其對資本主義及其控制下的經濟措施的憤怒。大自然的意象，於是乎成為破壞、重建人類的秩序與平衡的重大力量。

不過同樣的自然景物，在詩人的眼裡卻大不相同。舉例來說，渥茲華斯把自然視為一本「書」，鼓勵人拋開書本，重新修復人與自然之間陌生疏離的關係。從這個角度來看，大自然的符號，就變成啟發人類救贖的靈感。雲雀和夜鶯，是最常被提起的符號。夜鶯象徵浪漫派人士的孤寂，雲雀則代表人類與上帝溝通的可能性。

然而並非所有的浪漫派詩人，都那麼強調大自然的啟發和光明面。有些詩人，如柯立芝（Samuel Taylor Coleridge, 1772-1834），就將注意力放在超自然的部分，這在某種程度上和自然主義（naturalism）很相似。柯立芝認為，自然有助於將詩提升至神秘與魔幻的境界，因此他採用許多民間古老傳說與迷信的典故，讓讀者感受一股始終縈繞於人世間的未知力量，而大自然也觸碰到人類深層的心理狀態。

因為這股探索大自然未知魔力與心理結構的慾望，使濟慈（John Keats, 1795-1821）提出了負面的能力（negative capability）。探索人性的黑暗面，一方面與受到理性支配的「寫實主義」相提並論；另一方面，對未知的追求，如佛洛依德（Sigmund Freud, 1886-1939）所説是人類無意識的創造力。

由於認知到自然的重要性，所以浪漫時期的人偏好自然的意象，而摒棄人類理性。此外，讀者也因而了解到，大自然的力量可賦予人靈感與產生創造力。浪漫主義處於一個革命的年代，人類與自然的關係在觀念上產生了變化，另一方面，也讓我們對人的看法有了不一樣的思考。

威廉·布雷克（William Blake, 1757-1827）

9

William Blake

Poet of Double Vision and Prophecy

威廉・布雷克

雙重視野之先知詩人

1873_ *Poetical Sketches*《詩意小品》
1788_ *There is No Natural Religion;*
All Religions Are One
1789_ *The Book of Thel*《泰爾之書》
1792_ *A Song of Liberty*《自由之歌》
1793_ *The Marriage of Heaven and Hell*
《天堂與地獄的結合》;
Visions of the Daughters of Albion
《阿爾賓女兒們的幻想》;
1794_ *Songs of Innocence and of Experience*
《純真與經驗之歌》
1804-20_ *Milton*《密爾頓》;
Jerusalem《耶路撒冷》

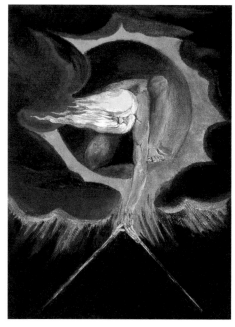

《老者》（The Ancient of Days，1794）
布雷克畫作

布雷克式對立（Blakean Contrary）

當美國文學評論家亞布拉姆斯（M. H. Abrams, 1912- ）談到浪漫主義的精神，指出浪漫主義的精神，就在人類想像力的解放。或者可以這麼說，由於強調想像力，世人得以從另一個世界，來看待我們所處的這個世界及規範。

自新古典時代以來，人類一直受著理性的束縛，無法自由的抒發幻想或想像力；對人類而言，想像力被視為一種壞信念（bad faith），既古怪又無意識的。基於這樣的偏見，布雷克認為人應該相信自己的想像力；一方面，人的理性因想像力而得享自由，另一方面，布雷克也讓人類的矛盾浮上檯面。因此，他預告了浪漫主義時代的來臨，而浪漫主義的精神，就在於強調人的想像力和關心世間的可憐人。

威廉·布雷克（William Blake, 1757-1827）最為人所知的，是他在《純真與經驗之歌》（*Songs of Innocence and of Experience*）中提出了對立的辨正關係。在詩中，布雷克將純真與經驗之間的緊張矛盾並置，藉此批評受制於資本主義或經濟措施的社會本體與結構。

這個特性在他的作品中隨處可見，因此稱做「布雷克式對立」（Blakean contrary）——人在這兩股相反力量的拉扯之間，獲得了自我意識與自我認識。布雷克企圖重新評價既有的體制，像是奠基於二元對立的道德判斷與宗教體系。布雷克的觀點，正是尼采在《善惡之外》（*Beyond Good and Evil*）所要闡述的想法，因此布雷克可說是開啟了一條通往唯美的道路。

布雷克對藝術美學方面的感覺，來自於他早年所受的正規藝術教育。布雷克十歲進入繪畫學校，其後又在皇家藝術學院待過一段時間。十四歲時，跟隨當時著名的雕刻師詹姆斯·巴塞爾（James Basire, 1730-1802）學習雕刻。

在當學徒的期間，布雷克求知若渴，並希望創作出具有詩意的作品。這些學藝的經驗對布雷克的詩有很深的影響，因為他經常將詩作雕刻在畫中。在他的插畫裡，我們可以發現與詩的題材完全一致的具體意象。欣賞布雷克的繪畫圖像，可以同時理解他詩中所表現的概念想法。從那時起，布雷克所有的作品中都可見到這種藝術反差。圖像具體呈現出抽象概念，概念則延伸了有限的圖像。

婚姻與文學感知的轉變

布雷克二十四歲結婚，妻子凱薩琳·布區（Catherine Boucher）是一名市集花匠之女，是一位目不識丁的文盲。在當時，女人不識字是普遍的現象，但布雷克教她識字，讓她做雕刻和印刷工作上的助手。由於布雷克教畫、幫書製作插圖、也為其他藝術家雕刻設計圖樣，因此一家人過了一段不錯的光景。

1800 年，布雷克應資助人威廉·哈利（William Harley）之邀，舉家遷至薩西克斯郡（Sussex）海濱的費爾芬（Felpham）。但雇主哈利想把布雷克變成搖錢樹，布雷克不久即掛冠求去，並把哈利視為「我心靈生活之敵，雖然他假裝是我肉體的友人」。

在費爾芬，還有一件事對布雷克影響至鉅，也左右他日後的思考與創作。1803 年，他與一名士兵 John Schofied 發生爭執。這名士兵威脅布雷克，隨後還指控布雷克發表不利國王和國家的言論。這名士兵化身成了《耶路撒冷》（*Jerusalem*）當中有如惡魔般邪惡的主要角色。這個事件，改變了布雷克的文學感知與宗教信仰，他常在詩中提及用傳統和道德主張作掩飾的邪惡，暗指當時發生的事件。

調解與批判之詩

布雷克有別於前代詩人的因素在於他關心社會上的不公義，並釋放長久壓抑的想像能力。對布雷克而言，運用人的想像力，可以創造出一種神聖超凡的洞察力，進而引起對社會的批判。

在《純真與經驗之歌》當中，可以發現這種帶有預言訊息的非凡洞察力，布雷克將詩歌創作和插畫設計結合在一起，創造出所謂的蝕刻凸版（relief etching）。而另一方面，將純真與經驗的意象或概念並置，產生的雙重視野，反映出「人的靈魂中兩個相左的勢力」（two contrary states of the human soul）。

他常用這個方式，將詩中的概念濃縮錘鍊成一個具體意象，藉以指出此象徵符號所涵蓋的多重文化意義。最著名的例子就是〈倫敦〉（London）一詩，布雷克在詩中暗指倫敦的日常生活，並批判存在於社會中的娼妓現象。

美感與賞析

要欣賞布雷克作品之美，我們就得牢記雙重視野（double vision）所產生的文學力量。因為在布雷克所創造的意象當中，常可發現不為人所理解的多層意義。此外，他的詩帶有異教色彩的道德教誨，而這些教誨正取決於人心中的邪惡力量，由此產生不同觀點，來看待人的心靈結構和傳統信仰的陰暗面。

布雷克是一位先知，他歌頌人類想像力的解放，頌揚將「天堂與地獄」之間的距離拉近的創造力。從他的詩可以發現，溝通天堂與地獄的橋樑，促使人們思考自己所處的社會本體，並重新檢視標準的信條。

布雷克用這個方式來探討自我認識，而自我認識正是奠基於純真與經驗的對立，因此他提出了一個赤裸裸的真相，亦即一個人的存在必先於向上提升的文學表現。所以說，欣賞布雷克的觀點，在於觀察他如何將矛盾對立並置，以及嘗試將之綜合，成為一個他所指出的絕對純潔。

布雷克畫作，《撒旦重擊約伯的傷處》（Satan Smiting Job with Sore Boils，1826）

選輯緣由

記憶（memory）、回憶（recollection）和想像力（imagination），是浪漫派詩人不可或缺的創作元素，布雷克也不例外。從本章所選輯的詩中，讀者可感受到回憶和想像力如何發揮作用，幫助詩人釐清自己的理路。

此外，在〈致繆思〉（To the Muses）當中，可看到布雷克重拾起久被遺忘的「詩人先知」（poet-prophet）的文化傳統。這點正說明布雷克重視詩人靈感的來源。

最後，我們還會看到他運用象徵來暗示暴力，徹底顛覆我們傳統的認知。以下三首詩，可帶領讀者入門欣賞布雷克的作品。

1_ Song

Memory, hither[1] come,   1
And tune your merry notes;
And, while upon the wind,
Your music floats,
I'll pore[2] upon the stream,   5
Where sighing lovers dream,
And fish for fancies[3] as they pass
Within the watery glass[4].

I'll drink of the clear stream,
And hear the linnet's[5] song;   10
And there I'll lie and dream
The day along:
And, when night comes, I'll go
To places fit for woe;
Walking along the darken'd valley,   15
With silent Melancholy.

1_ 樂曲

回憶，來到此處，   1
彈奏你歡樂的音符；
迎著風，
樂音隨之飄揚，
我會在小河邊沉思，   5
相思的戀人在那兒幻想，
捕捉遐思，當他們行走在
光滑如鏡的河面上。

我會飲下清澈的河水，
聆聽朱雀的歌聲；   10
我要躺在那兒做夢
一整個白晝：
當黑夜降臨，我將前往
合適之處抒發傷痛：
沿著幽谷走去，   15
懷著無聲的愁苦。

---

1 hither ['hɪðər] (adv.) 〔古〕到這裡
2 pore [pɔːr] (v.) 沉思
3 fancy ['fænsi] (n.) 想像
4 watery glass，象徵溪流水面
5 linnet ['lɪnɪt] (n.) 紅雀

布雷克畫作《Jacob's Ladder》（1800）

布雷克繼承了先知詩人的傳統，祈求由回憶得到靈感。他如先知詩人一般，對人們說出隱含的訊息或唱出輕快的音符。音符乘著風而來，詩人也對著「溪流」沉思，戀人們愛到這兒來夢想自己的形象，任「幻想」恣意馳騁，以映照出他們的愛情。順著溪流而下，詩人躺臥著，傾聽紅雀的歌聲，任時間由指間滑過。

一天結束了，他會去找一處地方，好好悲悼心中的痛，面對面與心中的憂愁情感好好地相處。在這首詩中，布雷克脫離了新古典時期，重拾起田園詩傳統，以及詩人先知祝禱的慣例。一方面，他重新建立了詩人先知的文化模式。另一方面，他也提到馳騁穿梭於自然景物的想像力，藉以反映出愛情的憂愁。

2_ To the Muses[1]

(23) Whether on Ida's[2] shady brow,   1
Or in the chambers of the East,
The chambers of the sun, that now
From ancient melody have ceas'd;
Whether in Heav'n ye wander fair,   5
Or the green corners of the earth,
Or the blue regions of the air,
Where the melodious winds have birth;
Whether on crystal rocks ye rove[3],
Beneath the bosom of the sea   10
Wand'ring in many a coral grove,
Fair Nine, forsaking Poetry!
How have you left the ancient love
That bards[4] of old enjoy'd in you!
The languid[5] strings do scarcely move!   15
The sound is forc'd, the notes are few!

2_ 致繆思

無論是在伊達蔭蔽的山脊，   1
或是在東方之屋
那太陽之屋，如今
古老的旋律已經消沓；
無論是在你漫遊的天上仙境，   5
或是在塵世上的茵綠角落裡，
抑或在蔚藍的天空中，
那悅耳風聲的故鄉；
無論是在你低個的水晶岩石間，
或是在海洋的胸懷裡   10
漫遊在片片珊瑚叢中，
九位美麗的繆思女神，已棄詩而去！
你如何能離開那份古老的愛
昔日的吟遊詩人從你獲得靈感！
無力的琴弦幾乎不再撥動！   15
勉力發出聲音，卻不成音符！

1 古時詩人會向九位繆思女神祈求靈感，布雷克在
   此重拾這項傳統
2 Ida，相傳是宙斯被兩位仙女扶養長大的地方，
   此山常被視為先知詩人創作靈感的來源
3 rove [roʊv] (v.) 徘徊
4 bard [bɑːrd] (n.) 吟遊詩人
5 languid ['læŋgwɪd] (a.) 軟弱無力的

布雷克畫作《Oberon, Titania and Puck with Fairies Dancing》（1786）

在這首詩中，布雷克哀嘆十八世紀晚期，詩歌祈求靈感的傳統不復存在，因為所謂的「吟遊詩人」或「先知詩人」，在意的只是詩的用語。他譴責虛假不實，又無法感動人心的作品，因為九位繆思女神早已遠去。在此，布雷克企圖尋回新古典時代摒棄的詩歌傳統，並且重新找出激發創作的靈感。就如第一段詩節所述，他追溯古典神話，卻發現天上的樂音早已不在，古時的旋律也已散去。

接著，他懷疑古代的樂音是否會再響起，因此竭盡所能到處尋找繆思女神。然而他發現，九位繆思皆已棄詩歌遠去，她們的聲音在世上任何角落都遍尋不著。說話者在第二和第三詩節中得到證實，九位繆思女神的樂音皆已沉寂。

最後，說話者詢問繆思女神，為何要放棄「吟遊詩人」或「先知詩人」。在詩中，他們被比擬為「the languid strings」（無力的琴弦），無法奏出動人的詩歌。此處有一個重要象徵，亦即，詩人一撥弄琴弦，就發出來自繆思的聲音。

這個意象，在浪漫主義運動中不斷出現。一方面，顯示出浪漫派詩人摒棄刻意堆砌、精心雕琢的詩歌。另一方面也在強調，浪漫派的詩，就如風吹拂過樂器那般自然。布雷克藉此批評詩歌華麗的辭藻，減損了人的想像力和其中的詩意。布雷克認為，詩的語言會從繆思女神的激發而來，輕鬆自然地降臨詩人先知的心田。

3_ The Sick Rose

O Rose, thou art[1] sick.   1
The invisible worm[2]
That flies in the night
In the howling storm
Has found out thy bed   5
Of crimson[3] joy,
And his dark secret love
Does thy life destroy.

3_ 染病的玫瑰

喔，玫瑰，你已病入膏肓。   1
那肉眼看不見的蟲
趁夜晚飛來
在咆哮的暴風雨中
在你花床上   5
看到了一片緋色的愉悅，
他那黑暗隱秘的愛
已摧毀了你的生命。

1　art，相當於現代英語中的「are」
2　worm [wɜːrm]，在此處帶有性與煽情的暗示
3　crimson [ˈkrɪmzən] (a.) 深紅色的（crimson joy 在此暗示失去童貞）

布雷克畫作《Hecate or the Three Fates》（1795）

在這首詩中，布雷克運用玫瑰這個符號，來象徵詩中所暗指失去童貞的女子。詩中充斥著關於肉體和性的暗示，說話者一開始便埋下一個關於玫瑰生病的謎團。隨著詩的推展，我們得知正是因為性侵犯（性交）造成玫瑰失去生氣。故事是這麼安排的：事情發生在暗夜和呼嘯的風雨裡。最後玫瑰暗示女性角色的純潔被摧殘殆盡。

這首詩儘管簡短，但充滿對社會的批判。在詩中，布雷克控訴當時社會中日漸猖獗的娼妓行業。而玫瑰的意象也有兩層含意，首先是玫瑰遭蹂躪，我們經由神聖超凡的洞察，看到道德淪喪和造成疏離的強大力量。至於在兩性之間，似乎因為資本主義使得愛情純潔的本質也被蒸散了。本詩清楚呈現了性暴力和資本主義不經意的影響。布雷克以這首詩作為調解的工具，一方面發出對社會的不平之鳴，另一方面也支撐住人類的存在本體。

威廉·渥茲華斯（William Wordsworth, 1770-1850）

10

William Wordsworth

The Poet of the People

威廉 · 渥茲華斯

平民百姓的詩人

1798_ *Lyrical Ballads*《抒情民謠集》

1807_ *Poems In Two Volumes*

1850_ *The Preclude*《抒情民謠集序》第一版

（1850 年辭世後始發表）

《抒情民謠集》序與時代精神

威廉‧渥茲華斯（1770-1850）以其第二版《抒情民謠集》的序詩而聞名，這部詩集反映了英國浪漫主義的精神，也傳達出詩人的詩學理論。在這篇序詩中，渥茲華斯批評新古典時代的前輩過度強調詩的用語、矯柔造作的修辭及理性的能力。他談到「感覺」的重要性，強調人應該關心世上的可憐人，他還將詩與讀者的關係轉換成詩與詩人的關係。他在詩人為何的宣言中聲明，詩人就是「對他人說話的人」，和直接談話並無二致。

詩人的角色遭到謫貶，在渥茲華斯看來，是因為詩人並非觀念的導師，而是對自然有敏感直覺的人。對他來說，訴諸於自然，主要是為了重建一個契約，試圖喚起人的「同情心」；由於工業資本主義興起，人的同情心產生了疏離的現象。另一方面，大自然也為渥茲華斯提供了神聖的創作靈感。他對自然景物的關注，也使他產生對於資本家與工業社會的批評，他把關注焦點放在社會的邊緣，以及「荒村」（deserted village）作為他詩作的重要題材。

渥茲華斯對詩人和一般人的差別也有詳盡的說明，兩者主要的差異就在於敏感的程度，前者較容易受外在情境所感動。但這並不表示渥茲華斯認為情境的重要性勝於情感；相反地，詩人正是受到情感的驅使，才會道出情境的難處。

成長階段與邁向詩人之路

渥茲華斯生於湖畔區昆布蘭（Cumberland）的卡克毛斯（Cockermouth）。這個地方成為他詩裡重要的描述對象，也是他熱愛大自然的主要因素。其母親在他十歲時過世，五年後父親也辭世。由於失怙，使得渥茲華斯被迫與摯愛的妹妹桃樂絲（Dorothy）分離，而桃樂絲日後也成為他人生和詩中不斷出現的重要人物。

1795 年，渥茲華斯結識了日後一起合作《抒情民謠集》的柯立芝（Samuel Taylor Coleridge），這成為渥茲華斯生命中的轉捩點。同年他繼承一筆遺產，與妹妹一同定居於瑞斯登（Racedown）。

由於受到柯立芝的激發，還有對大自然的熱愛，渥茲華斯完成了他的第一部鉅作《抒情民謠集》，並以柯立芝的〈古舟子詠〉（The Rime of the Ancient Mariner）做為開場詩。1798 年左右，開始投入哲學自傳詩的寫作，1805 年完成，但到了 1850 年才以《序詩》（*The Prelude*）的名稱發表，這是一部效法前輩密爾頓（John Milton），長達十四卷的巨幅詩篇。

1802 年，渥茲華斯與瑪麗‧哈金森（Mary Hutchinson）結婚，往後二十年，哈金森全心照顧患有精神疾病的桃樂絲。他們婚後便定居在格拉斯美湖（Grasmere）的白鴿小屋（Dove Cottage）。渥茲華斯將此地的湖光山色融入詩裡，他對這個地方的關懷，成為詩作中的重要元素。1843 年，他榮膺英國桂冠詩人的頭銜。

美感與賞析

欣賞渥茲華斯的詩作，重點在於他對大自然的關懷。這是一種莊嚴之感，不僅讓人心生敬畏，並起了心靈導師的作用。渥茲華斯專心營造這種莊嚴之感，主要是受到朗吉尼（Longinus）的影響。對大自然的想像力，也是渥茲華斯作品中一個重要的基本元素，這表示人類的想像力終於從「理性」的桎梏中掙脫出來。渥茲華斯強調他和大自然的協定，他希望藉由與大自然的協定，能挽救與社會大眾漸行漸遠的資本家，並喚醒人類沉默已久的「同情心」。

選輯緣由

美文學評論家哈洛德‧卜倫（Harold Bloom, 1930-）認為，渥茲華斯是繼密爾頓以來最偉大的詩人。渥茲華斯帶動詩歌改革，是英國浪漫時期最具影響力的人物。此外，他也如布雷克一般手持明鏡，映照出社會百態，藉以批評人類「情感」的淪喪和疏離。他在詩中企圖喚起我們對「人性」的思考，目的並不是為了建構人類的科學或知識，而是為了給社會上的弱勢多一份關懷。本章所選輯的田園輓詩，為渥茲華斯悲嘆社會邊緣人之作。我們可以感受到他詩中用詞遣字的強烈，而他對於現實生活的嚴酷考驗這類題材，也有同樣的語言強度。

1_ Strange fits of passion have I known

(25) Strange fits[1] of passion have I known: 1
And I will dare to tell,
But in the Lover's ear alone,
What once to me befell[2].

When she I loved looked every day   5
Fresh as a rose in June,
I to her cottage bent my way,
Beneath an evening moon.

Upon the moon I fixed my eye,
All over the wide lea[3]:   10
With quickening pace my horse drew nigh[4]
Those paths so dear to me.

And now we reached the orchard-plot;
And, as we climbed the hill,
The sinking moon to Lucy's cot[5]   15
Came near, and nearer still.

In one of those sweet dreams I slept,
Kind Nature's gentlest boon[6]!
And all the while my eyes I kept
On the descending moon.   20

My horse moved on; hoof[7] after hoof
He raised, and never stopped:
When down behind the cottage roof,
At once, the bright moon dropped.

What fond[8] and wayward[9] thoughts will slide   25
Into a Lover's head!
'O mercy!' to myself I cried,
'If Lucy should be dead!'

1_ 我曾有過一次奇妙的激情

我曾有過一次奇妙的激情：　　　　　1
且讓我坦白説出口，
但只能在情人的耳畔，
道出我那段經過。

我心愛的她容顏日日　　　　　　　5
都如六月清新的玫瑰，
當時我望著她的小屋走去，
在向晚的月光下。

我藉著月光注視著，
整片的遼闊草原：　　　　　　　　10
馬匹快步接近
那些如此親切的小徑。

這時我們來到了果園；
接著又登上了一座山嶺，
西斜的月亮落向露西的屋子　　　　15
不斷地越來越靠近。

在我沉睡時的一場好夢裡，
大自然賜給我最慷慨的恩惠！
我的視線一直停在
西沉的落月上。　　　　　　　　　20

我的馬兒持續前行；踢踢躂躂
馬不停蹄：
這時月亮沉落在小屋後方，
驀地，明月就這樣落下了。

一個無稽的念頭溜進　　　　　　　25
情人的腦海裡！
「願上帝憐憫！」我對自己驚歎，
「露西要是死去我該如何！」

1　fit [fɪt] (n.) 情感等的突發
2　befall [bɪ'fɔːl] (v.) 降臨於
　　（尤指不幸之事）
3　lea [lːi] (n.) 〔文〕草原；牧草地
4　nigh [naɪ] (adv.) 〔文〕接近地
5　cot [kɑːt] (n.) 農舍；小屋
6　boon [buːn] (n.) 恩惠；利益
7　hoof [hʊf] (n.) 蹄
8　fond [fɑːnd] (a.) 不太可能實現的
9　wayward ['weɪwərd] (a.) 難捉摸的

在這首詩中，說話者用追溯的方式敘述自己的某種激情，伴隨著大自然的律動，月升月落，說話者也透露出埋藏在心中對露西的情愫。本詩發展到最後，我們發現奇妙的感情悸動，原來是說話者在故弄玄虛，於是會產生疑問，這女孩是否尚在人世。

一開始，我們得知作這首詩的緣由，說話者希望藉此詩說出對心上人的情意。女孩的美，可以從說話者取自大自然的隱喻得知，如「a rose in June」（六月的玫瑰）。說話者去探訪女孩的時間是在夜晚。當說話者漸漸接近女孩的住處，他藉著月兒的變化，來描述眼前再熟悉不過的景色。一直到了抵達女孩小屋的門扉，才明白突然的感情悸動是怎麼回事。

經由說話者的敘述，我們發現本詩洩漏了他的遲疑，以及對女孩複雜的情感。雖然本詩表面看來簡單平實，但渥茲華斯平易近人的語言卻能打動人心。這首詩讓我們體會到渥茲華斯如何擴大我們的想像力，製造出愛的強度。

2_ She dwelt among the untrodden ways

(26) She dwelt among the untrodden ways   1
Beside the springs of Dove,
A Maid whom there were none to praise
And very few to love:

A violet by a mossy stone   5
Half hidden from the eye!
— Fair as a star, when only one
Is shining in the sky.

She lived unknown, and few could know
When Lucy ceased to be;   10
But she is in her grave, and, oh,
The difference to me!

2_ 她住在人煙罕至之地

她住在人煙罕至之地　　　　　　1
道夫河的源頭邊，
一位無人稱讚
乏人疼愛的少女：

青苔石邊的一朵紫羅蘭　　　　　5
在眼前半隱半現！
──美如星辰，
夜空中獨耀的星辰。

她生時無人相識
死後無人知曉露西何時死去；　　10
如今她安息於墓，喔，
對我來說世界已然不同！

我們可以感受到，渥茲華斯這首關於生命與愛情的歌謠，是鮮少有人觸及的
題材。這也正是他的詩學理論與創作題材上的一大特色。一開始，我們就得
知女子所處的位置，是在英格蘭湖區（Lake District）一個人跡罕至的地方，
少有人認識這位女性，更別提有人會對她訴衷情了。然而，對說話者來說，
她卻是稀世珍寶。這位女性，無人聞問。儘管對他人而言，她只是個無足輕
重的女子，不過說話者卻說世界已然不同。

在這首詩中，讀者可以感受到渥茲華斯遣辭用字的力道。他敘事的語調，以
及批判社會的冷漠，即便是鐵石心腸也會動容。因此，我們可以了解到，渥
茲華斯是如何利用最平易的語言，來表達生命的強度；另一方面，我們也見
識到他如何用這麼單純的方式，說出人心中的情感！

10
威廉‧渥茲華斯

3_ Lucy Gray (Or, Solitude)

(27)

Oft I had heard of Lucy Gray: 1
And, when I crossed the wild,
I chanced to see at break of day
The solitary[1] child.

No mate, no comrade Lucy knew;   5
She dwelt on a wide moor[2],
— The sweetest thing that ever grew
Beside a human door!

You yet may spy the fawn[3] at play,
The hare upon the green;   10
But the sweet face of Lucy Gray
Will never more be seen.

"To-night will be a stormy night —
You to the town must go;
And take a lantern, Child, to light   15
Your mother through the snow."

"That, Father! will I gladly do:
'Tis scarcely afternoon —
The minster-clock has just struck two,
And yonder is the moon!"   20

3_ 葛露水〔本篇為徐志摩譯〕

我常聞名葛露水：
我嘗路經曠野
天明時偶然遇見
這孤獨的小孩。

無伴，露水絕無相識，
她家在一荒涼的沼澤
——一顆最希有的珍珠
偶爾掉落在人間呵！

精靈的雛麋嬉嬉茸茸，
玲瓏的野兔逐逐猭猭，
可憐露水兒的香蹤
已經斷絕了塵緣。

「今晚看來要起風濤，
你須鎮上去走一遭，
攜一個燈，兒呀！去照
你娘雪地裡回家才好。」

「爹呀，兒願意極了，
此刻時光還早，——
那教堂鐘才打兩下，
那邊月兒到起來了！」

1   solitary ['sɑːləteri] (a.) 孤單的
2   moor [mʊr] (n.) 沼澤
3   fawn [fɔːn] (n.) 未滿一歲的幼鹿

At this the Father raised his hook,
And snapped a faggot[4]-band;
He plied[5] his work;— and Lucy took
The lantern in her hand.

Not blither[6] is the mountain roe[7]:   25
With many a wanton[8] stroke
Her feet disperse the powdery snow,
That rises up like smoke.

The storm came on before its time:
She wandered up and down;   30
And many a hill did Lucy climb:
But never reached the town.

The wretched parents all that night
Went shouting far and wide;
But there was neither sound nor sight   35
To serve them for a guide.

At day-break on a hill they stood
That overlooked the moor;
And thence they saw the bridge of wood,
A furlong[9] from their door.   40

這時刻父親舉起鐵鉤，
促促掠向捆起的柴堆，
忙著手上的活兒——
露水拾起一盞燈拿在手上。*

露水喜孜孜出門上道：
好比個小鹿兒尋流逐草：
那小足在雪地裡亂踹：
濺起一路的白玉煙梨花腦。

那無情的風濤偏早到，
可憐她如何奮鬥得了，
她爬過了田低和山高，
但她目的地總到不了。

那可憐的父母終夜
四處裡號呼尋找；
凶慘的黑夜無聽無見，
失望的雙親淚竭聲槁。

天明了！老夫婦爬上山額，
望見了他們的沼澤，
又望見那座木橋
離家約半里之遙。

*21 至 24 行徐志摩未譯。

4 faggot ['fægət] (n.) 柴捆
5 ply [plaɪ] (v.) 不斷地工作
6 blither ['blɪðər] (n.) 胡扯
7 roe [roʊ] (n.) 小鹿
8 wanton ['wɑːntən] (a.) 肆無忌憚的
9 furlong ['fɜːrlɔːŋ] (n.) 弗隆（長度單位，等於八分之一英里）

They wept—and, turning homeward, cried,
'In heaven we all shall meet;'
—When in the snow the mother spied
The print of Lucy's feet.

Then downwards from the steep hill's edge   45
They tracked the footmarks small;
And through the broken hawthorn hedge,
And by the long stone-wall;

And then an open field they crossed:
The marks were still the same;   50
They tracked them on, nor ever lost;
And to the bridge they came.

They followed from the snowy bank
Those footmarks, one by one,
Into the middle of the plank;   55
And further there were none!

—Yet some maintain that to this day
She is a living child;
That you may see sweet Lucy Gray
Upon the lonesome wild.   60

O'er rough and smooth she trips along,
And never looks behind;
And sings a solitary song
That whistles in the wind.   64

他們一頭哭一頭走，哭道，
「我們除非在天上相會了；」
——娘在雪裡忽然發見
小小的足印，可不是露水的嗎？

於是從山坡直下去，   45
他們蹤跡那小鞋芒；
穿過一架破碎的荊籬，
緣著直長的石牆；

他們過了一座田；
那足痕依舊分明；   50
他們又向前，足跡依然，
最後走到了橋邊。

河灘雪裡點點足印，
不幸的父母好不傷心；
足印點點又往前引，   55
引到了——斷踪絕影。

——但是至今還有人說，
那孩子依舊生存；
說在寂寞的荒野
有時見露水照樣孤行。   60

她跋涉苦辛，前進前進
不論甘苦，總不回顧，
她唱一支孤獨的歌，
在荒野聽如風箏。   64

這首詩取材自一個女孩溺斃的真實故事,而尋常百姓的生活,正是渥茲華斯最關心的題材。故事主角露西是一位女孩,她翻山越嶺去找城裡的母親,卻受困於暴風雪,最後溺死於河中。

渥茲華斯除了關注平民百姓,他也讓自己的「情感」對讀者說話。他認為,詩中的小女孩並沒有死,只是轉化形體成為大自然的一份子。雖然其中帶有異教和泛靈論的色彩,但也顯示出渥茲華斯對自然的想像,自然不僅是人類的良師,也是值得人類與之結交的益友。

在第一詩節裡,說話者告訴讀者採用這個題材的緣由,因為他聽說露西.葛雷的故事,甚至曾在拂曉時分見過她的身影。然後敘述這個孤零零的女孩,她身在荒野的沼澤地。接著我們獲悉露西.葛雷之死。

隨著詩的推展，我們發現這個不幸的意外，起因於露西的父親要她送一盞燈籠去給母親，以照亮媽媽回家的路。但露西旋即遇上暴風雪，又找不到地方遮蔽風雪。這個慘劇連山裡的鹿都為之動容。

我們可以看到，渥茲華斯如何利用自然生靈或景物，把人類禁閉的情感釋放出來。本詩還敘述露西的父母徒勞地尋找孩子的蹤影。

儘管露西已死，說話者卻相信她還在人世，而且我們還可能在大自然的某處巧遇她的身影。露西・葛雷就像是個孤獨的旅人，走過平坦小徑，也走遍崎嶇路途。

這首詩簡單又平實，卻可以感受到渥茲華斯對刻劃人類情感的用心，並批判世人對於社會邊緣問題的漠視。此外他在詩中的用語，呈現的是人類情感的強烈，而非理性能力。

柯立芝（Samuel Taylor Coleridge，1772-1834）

11

Samuel Taylor Coleridge

Poet of Magic Nature

山謬・泰勒・柯立芝

自然魔力的詩人

大自然、想像力、回憶

對柯立芝（Samuel Taylor Coleridge, 1772-1834）而言，大自然有一股神秘而予人強烈感受的力量，有助於詩人構思和創作。人類的想像力或心靈，和描述的對象緊密結合在一起。康德的理想主義（idealism）也對柯立芝有很深的影響，這套哲學傳統認為，大自然可產生自我投射的作用，傳達出人類無法言喻的心理狀態。

在柯立芝的《文學傳記》（*Biographia Literaria*）這部宣告文學理論的作品當中，顛覆了當時英國以感官知覺為基礎的經驗主義。他認為，人類的想像力在感知方面具有創造力，在發現形而上學和宗教信仰的基本信條方面，則具有啟發性。透過「次想像力」（secondary imagination），人的想像力可具備創作詩歌的能力。

柯立芝認為，想像的能力和人類的意志皆有助於再創造，並提升「由聯想法則而來的」一般材料。聯想法則從人類禁錮的想像中解放出來，而遵從聯想法則的「回憶」，始終是連結彼與此的轉折點。柯立芝運用次想像力，將破碎的回憶拼湊成一幅全貌。按哈洛德‧布倫（Harold Bloom）的看法，柯立芝的詩作可分為以下幾類：

1 對話詩（the conversation poems）：採用直接對讀者說話的語氣。
2 自然魔力（或自然中的超自然現象）：這是柯立芝創作的主要題材。對他來說，自然擁有一種人類邏輯思考能力所無法理解的神秘力量。
3 智慧和沮喪：此類作品崇敬自然永恆不變的法則，以及人類該如何從大自然中習得教訓。他將大自然視作能為詩人帶來靈感和智慧的「思想女性」（Thought-Woman）。
4 真實的不存在（positive negation）：這是一種轉變的力量，有助否定經驗與感官的世界。

生平

柯立芝在學生時代常被形容為愛幻想、充滿熱情又極度敏感的學生。二十歲時，他已經是劍橋耶穌學院的優秀學生，但他發覺在劍橋無法獲得智識上的啟發，失望之餘，他前往倫敦，以假名 Silas Tomkyn Comberbache 進入另一所

學校——輕型龍騎兵團（Light Dragoons），還被視為英國陸軍史上最呆的大頭兵。後來他被送回劍橋，但始終沒有取得學位。

柯立芝一生中還有一件重要的大事，就是計畫在美國建立一個理想的民主社群，名之為「大同社會」（Pantisocracy）。這是由於柯立芝對宗教、政治有許多激進的批判，還有他將法國共和政體的實驗理想化的緣故。大同社會的計畫後來宣告失敗，澆熄了柯立芝激進的思想，也使他後半生轉而成為忠貞的英國國教徒。

大同社會的計畫失敗之後，柯立芝返回英國，並於 1800 年和渥茲華斯一家人一同遷居湖區（Lake District）。在婚姻方面，他對妻子逐漸冷淡，而瘋狂地愛上妻子的妹妹莎拉‧哈金森（Sara Hutchinson）。莎拉‧哈金森的女性形象，經常出現在柯立芝的詩作當中，代表詩人心中「理想客體的恆常性」。

美感與賞析

柯立芝所呈現的美感在於他對哲學與宗教方面的思考，是以超越感官和知覺世界為目的。因為如此，他重新探討大自然，並且利用想像力把印象拼湊為整體。這一點他在對「回憶」的看法中表達的很清楚，他認為回憶本身會彼此連接形成一個整體。因此要了解柯立芝的語彙，關鍵就在於人類想像力中有一股直覺的能力，有助我們觸碰純粹哲學和宗教的命題。柯立芝提升人類的想像力，讓平凡無奇的素材得以在人的心靈重新開花結果。

選輯緣由

本章所選的詩，是以柯立芝的主張為出發點。他認為，人類的想像力是一股解放的力量，能突破人類邏輯推理的藩籬。柯立芝引領我們一探自然的神秘國度，在此種世界裡，自有一套獨立運行的基礎與法則。就浪漫主義而論，柯立芝提出了另一種思考方式，來探討人類心靈與自然並行不悖、物我合一的能力，並清楚呈現出人類的另一項能力——有助於整合人類心靈的回憶或記憶力。

1_ Recollections of Love

1

How warm this woodland wild recess!   1
   Love surely hath been breathing here;
   And this sweet bed of heath, my dear!
Swells up, then sinks with faint caress[1],
   As if to have you yet more near.   5

2

Eight springs have flown since last I lay
   On seaward Quantock's[2] heathy hills,
   Where quiet sounds from hidden rills[3]
Float hear and there, like things astray,
   And high o'erhead the sky-lark shrills[4].   10

3

No voice as yet had made the air
   Be music with your name; yet why
   That asking look? that yearning sigh?
That sense of promise every where?
   Beloved! flew your spirit by?   15

4

As when a mother doth explore
   The rose mark on her long-lost child,
   I met, I loved you, maiden mild!
As whom I long had loved before—
   So deeply had I been beguiled[5].   20

5

You stood before me like a thought,
   A dream remembered in a dream.
   But when those meek[6] eyes first did seem
To tell me, Love within you wrought[7] —
   O Greta[8], dear domestic stream!   25

6

Has not, since then, Love's prompture[9] deep,
   Has not Love's whisper evermore
   Been ceaseless, as thy gentle roar?
Sole voice, when other voices sleep,
   Dear under-song in clamor's[10] hour.   30

1_ 愛的記憶

1

這荒僻深幽的林地如此溫暖！　　　　　　　　1
　　愛情確然已經在此滋長；
　　這塊長著石南的甜蜜土地，我親愛的！
在輕柔的撫慰下起起伏伏，
　　彷彿在召喚你再走近一步。　　　　　　　5

2

八載光陰已飛逝，自我上次躺在
　　臨海的匡塔克石南山丘，
　　隱匿的溪流傳來寧靜的聲音
彷若迷途一般地迴盪在四處，
　　高空上傳來雲雀的高亢歌聲。　　　　　　10

3

少了你的名字，沒有一種聲音
　　能夠變成悅耳的樂音；但為何
　　一臉的懇求？發出渴求的嘆息？
為何承諾俯拾皆是？
　　吾愛！不正與妳的靈魂同徜徉？　　　　　15

4

一如母親發現了
　　失散多年孩子身上的玫瑰胎記，
　　我也這樣地遇見妳，愛上妳，好姑娘！
我許久以前便已愛上妳──
　　卻一直深深地被蒙蔽。　　　　　　　　　20

1　caress [kəˈrɛs] (n.) 愛撫
2　Quantock，柯立芝於
　　1796-1798 年間居住在此地
3　rill [rɪl] (n.) 小溪
4　shrill [ʃrɪl] (n.)
　　尖銳刺耳的聲音
5　beguile [bɪˈgaɪl] (v.) 欺騙
6　meek [miːk] (a.) 溫順的
7　wrought 等於 worked
8　Greta，
　　蘇莫榭的一溪流名稱
9　prompture = inspiration
　　（靈感、激勵）
10　clamor [ˈklæmər] (n.)
　　喧囂聲

5

你站在我面前，如一縷幽思，
　　如夢中所憶起的一個夢。
　　當那柔和的雙眼看似
首次要對我訴說，你孕育的愛——
　　喔，葛蕾塔，親愛家鄉的小溪　　　　　　　　25

6

從那時候起，情愫不就加深了嗎？
　　愛情的耳語不就永遠
　　消逝了嗎，當你發出溫和的低吼？
唯一的聲音，在其他的聲音沉睡時，
　　是喧鬧時刻親密的弦外之音。　　　　　　　30

這首詩是由說話者的片片回憶所串起，他追憶的是對心上人的愛。本詩還有一個重要的特色，也就是大自然的魔力。一開始，「woodland wild recess」（荒僻深幽的林地）撩撥起說話者對愛情的記憶。他們的愛情，伴隨著大自然的韻律與節奏而滋長。八年過去了，自然景物如溪流、雲雀依然如昔。

說話者接著說，沒有任何聲音，比得上你的芳名。可是，說話者卻又躊躇，不知愛人質疑的神色與深深的嘆息所為何來。大自然的承諾，不是俯拾皆是嗎？因此說話者懇求心上人拋開悲哀憂傷的心情。然後他以母親失去心愛的孩子來比擬，訴說自己對心上人無法控制的愛。

說話者接著描述心上人，形容她宛如一名「思想女性」（Thought-Woman），引領他穿梭接連的夢境，以及重重的聯想。說話者猶記得初次的邂逅，回想心上人那雙掩不住愛意的溫順眼神。在這首詩中，柯立芝運用了被喻為「夢中夢」（dream in a dream）的回憶。除此之外，在柯立芝的想像力中，大自然扮演了一個誘發回憶，以及女性成為他的直觀想法的角色。

11
山謬‧泰勒‧柯立芝

2_ Constancy to an Ideal Object

Since all that beat about in Nature's range,   1
Or veer[1] or vanish, why should'st thou remain
The only constant in a world of change,
O yearning Thought! that liv'st but in the brain?
Call to the Hours, that in the distance play,   5
The faery[2] people of the future day—
Fond[3] Thought! not one of all that shining swarm
Will breathe on thee with life-enkindling[4] breath,
Till when, like strangers shelt'ring from a storm,
Hope and Despair meet in the porch of Death!   10

Yet still thou haunt'st me; and though well I see,
She is not thou, and only thou art she,
Still, still as though some dear embodied Good,
Some living Love before my eyes there stood
With answering look a ready ear to lend,   15
I mourn to thee and say— "Ah ! loveliest friend!
That this the meed[5] of all my toils[6] might be,
To have a home, an English home, and thee!"
Vain repetition! Home and Thou are one.
The peaceful'st cot the moon shall shine upon,   20
Lulled[7] by the thrush[8] and wakened by the lark,
Without thee were but a becalmed bark,
Whose Helmsman[9] on an ocean waste and wide
Sits mute and pale his moldering[10] helm beside.

And art thou nothing? Such thou art, as when   25
The woodman winding westward up the glen[11]
At wintry dawn, where o'er the sheep-track's maze[12]
The viewless snow-mist weaves a glist'ning haze[13],
Sees full before him, gliding without tread,
An image with a glory round its head;   30
The enamoured[14] rustic worships its fair hues,
Nor knows he makes the shadow he pursues!

---

1   veer [vɪr] (v.) 改變方向；轉向
2   faery ['feri] (a.) 精靈的 (= faerie)
3   fond [fɑːnd] (a.) 不大可能實現的
4   enkindle [ɪn'kɪndl] (v.) 點火
5   meed [miːd] (n.) 應得的份
6   toil [tɔɪl] (n.) 辛苦；勞累
7   lull [lʌl] (v.) 使入睡
8   thrush [θrʌʃ] (n.)〔鳥〕鶇科
9   helmsman ['helmzmən] (n.) 舵手
10 moldering ['moʊldərɪŋ] (a.) 崩塌的
11 glen [glen] (n.) 蘇格蘭、愛爾蘭的峽谷或幽谷
12 maze [meɪz] (n.) 迷宮；混亂
13 haze [heɪz] (n.) 薄霧；霾
14 enamour [ɪ'næmər] (v.) 使傾心 (= enamor)

2_ 完美的恆常性

若所有人都在大自然裡尋尋覓覓，　　　　　　　　　1
或改變方向，或消失蹤影，為何你卻是
這瞬息萬變的世界裡唯一的恆常，
喔！求知若渴、只存在於腦海裡的思緒？
召喚在遠處嬉鬧的光陰，　　　　　　　　　　　　5
那未來時光的仙子們——
多麼天馬行空的想法！那光芒四射的一群
沒有一個會對你呼出帶著生命火花的氣息，
到那時，將如同在風雨中尋找避雨處的路人，
希望與絕望將在死神的門口相遇！　　　　　　　　10

你仍一直縈繞在我心頭；縱然我看清楚了，
她不是你，唯有你是她，
然而，猶如珍貴的善的展現，
我眼前也佇立著愛
準備對著洗耳恭聽的耳朵做回應，　　　　　　　　15
我對你哀嘆道——「啊！最親愛的朋友！
或許這是我一切勞苦的獎賞
擁有一個家，英國的家，並擁有你！」
真是無意義的重述！家與你本為一體。
月光將灑在靜謐的小屋上，　　　　　　　　　　　20
在歌鶇的催眠歌聲中入睡，在雲雀的歌聲中醒來，
沒有了你，這一切不過如棄航的帆船
飄盪在泱泱渺渺的大海上
舵手只能慘白無言地坐在廢置的舵輪邊。

你是否飄渺虛無？你的確如此，
當樵夫朝著西方的幽谷蜿蜒前行
在寒冬的黎明，踏過綿羊混亂的足跡
幾不可見的雪靄織出一片亮晃晃的薄霧，
眼前一片視野，一路滑行不需踏行，
頭上環繞著絢爛的景象；
粗人崇拜它美麗的色彩，
渾然不知他想要的陰影是他自己畫出來的！

在這首詩中，可以很清楚看到：一方面，柯立芝將女性比作他思考愛情這個課題的理想客體，藉著這個理想客體的恆常性，希望讓愛情在世俗變化的洪流中，得以恆久不變；而另一方面，柯立芝又將自然看作回憶與思想的催化劑。

說話者談到，回憶並非到了希望與絕望交會的瀕死時刻才會出現。而且，說話者說出他想與愛人長相廝守的強烈意志。家，對說話者來說，就等同於他的心上人。若是沒有心上人陪伴，說話者暗示他將會是艘廢棄的船，水手們啞然、蒼白地呆坐著，任憑著船舵閒置鏽蝕。

這首詩，可以說具體說明了柯立芝對詩的追求。也就是說，由回憶而來的想像力消融、散去之後，又在平凡無奇中創造出藝術。而且，這首詩也表現出女性與自然的意象，這也是柯立芝思考愛情這個課題時的重心。

約翰‧濟慈（John Keats, 1795-1821）

12

John Keats

Poet of Negative Capability

約翰・濟慈

負 面 能 耐 的 詩 人

美即知識（Beauty is Knowledge）

約翰・濟慈（John Keats, 1795-1821）的文學主張廣為人所稱道，他認為美是一種知識形式。由此看來，濟慈服膺以人的純粹理性為出發點的「後康德唯美主義」（post-Kantian aestheticism）。不過，濟慈堅稱，美來自於人類生活中的感覺，甚至於任何藝術中的不對稱，都可以美視之。他將之比喻為「強烈經驗」（emphatic experience），並提出「感覺的生活」（life of sensations）這個概念，作為「思想」生活的對比。

後人也可從他的許多書信當中發現，濟慈有為數驚人的批判想法。在〈致喬治與湯姆斯・濟慈〉（Letter to George and Thomas Keats）中，他就提出他身為浪漫派詩人的重要思想，也就是「負面能耐」（negative capability）。所謂負面能耐，濟慈解釋為「當一個人有能力自處於不確定、神秘、懷疑之中，而不會煩躁地想釐清真相與道理……會拋開在神秘中偶然發現的孤立、似是而非的現象，對於一知半解的窘境也能安之若素……美感超越一切需要思考的問題，甚或去除所有的考量。」

負面能耐，是完成一件藝術作品的重要決定因素。這個概念源自於道理消失的那一刻，並且引導我們走向入回憶、夢境和神秘的世界。一個詩人，如濟慈所言，必須能在弄清楚真相與道理之後，運用那些破壞性的力量。

有鑑於此，讓人不禁想起他對詩的定義：「如果詩無法如葉之於樹那般自然，那不如沒有詩。」一方面，我們可以從浪漫主義作家的想像力，清楚地看出他們對自然的想法；另一方面，也可看到一首詩的內在完整性。濟慈希望掙脫禁錮人類心靈的信仰體系，並且帶領我們探討浪漫主義的中心課題，亦即有機體說（organicism）。

短暫卻不朽的人生

濟慈短暫的一生，是同時代人不斷憑弔感傷的主題。如雪萊（Percy Bysshe Shelly）寫〈阿多奈斯〉（Adonais），利用田園輓詩的傳統向他致意，表達對濟慈之死的沉重傷痛。

濟慈出身微寒，為家中長子。父親是倫敦一家馬車行的馬伕頭子。八歲時，父親墜馬身亡，十四歲母親也因肺結核去世。濟慈就讀艾菲爾德學校（Enfield School）期間，因為心性不定和旺盛的精力，讓人印象深刻。此時，他遇見了貴人察爾斯・克拉克（Charles Cowden Clarke）。他鼓勵濟慈多讀書，介紹他認識史賓塞等詩人，還帶領他進入音樂和戲劇的殿堂。

濟慈成為詩人的關鍵，是受到友人杭特（Leigh Hunt）的影響。杭特為刊物《Examiner》的編輯，並有豐富的詩作和評論文章。他也介紹濟慈認識其他傑出的詩人，如赫茲立特（William Hazlitt）、藍姆（Charles Lamb）和雪萊。也就是在這段期間，濟慈結識了幾個終身知交。

濟慈十八歲才開始寫詩，但旋即成名。最關鍵的一年是在濟慈發表了巨作《安地米昂》（*Endymion*）。全詩共四千多句，為一寓言故事，內容是講述一個凡人追求理想女性及永生的幸福。這首長詩雖然傑出，但仍招致許多批評。不過這些批評並無損濟慈對詩歌的熱情，反而促使他創作出更具企圖心的〈海柏利安的殞落〉（The Fall of Hyperion），這首詩篇取材自密爾頓的《失樂園》（Paradise Lost）。但濟慈遠離成功的光環，留下了尚未完成的《海柏利安的殞落》，便撒手人寰。這首詩，對濟慈個人和他的詩作而言，都像是一個不祥的徵兆。

1818 年，濟慈遭逢一連串的打擊，接著自己也病倒了。有些人認為，濟慈詩中所流露的孤獨與感傷，正是來自於這些不幸的經驗。在他的詩中，常可見詩人以自然界的生命為對象，如夜鶯等，為自己解釋過往的一切。

濟慈有別於其他浪漫派詩人，他對政治思想與批判著墨不多。他只在生活與愁思獲取寬慰。他甚至斷言，完美的愛情及其強度，和人對死亡的想像相去不遠。讀濟慈的詩，無法不受悲傷侵襲，也無法不讚嘆他在苦與樂、愛與失去等矛盾之間妥協、讓步的高度智慧。當濟慈於二十六歲英年辭世，他留給世人的印象，是他在人世間短暫的停留、且留下了具啟發性的影響力。

雖然濟慈英年早逝，但他在詩中展現了浪漫主義思想的另一面，並且鼓勵人們在創作中，探索人類未被發覺的能力，將寫詩的能力，擴大延伸到作夢。他的詩的另一項特點，在於唯美主義，其唯美主義不僅是知性與邏輯思考的活動，對於讓人類產生知識的生活磨練，也有很深的著墨。

濟慈的唯美主義關鍵就在於妥協，對於他的知性能力中難以調和的日常知覺與感覺，他做了讓步。對他而言，「不對稱」展現了生命的強度，讓人們知道美為何物。

濟慈的唯美主義是奠基於「美即知識」，也就是源自於我們的感官生活，而非思想的中立地帶（neutral zone）。他大舉延伸想像的能力，不僅超脫世俗的歡娛，而且寄望於天上的喜悅。我們若不了解他「負面能耐」的文學宣言，就無法真正欣賞濟慈的詩，負面能耐否決人類邏輯思考中始終一貫的理性，引導我們認識創造力中未被發覺的部分。

選輯緣由

第一首選輯的詩──〈賽姬頌〉（Ode to Psyche），為濟慈創作的第一首頌詩。詩中的賽姬，讓我們想起賽姬與艾洛斯（Eros）的愛情故事。因為這個典故，濟慈將自己視為賽姬的祭司，暗示這個幻想的世界，為人們的靈魂提供一個庇護之所。至於〈夜鶯頌〉大概是他最知名的一首頌詩。這首頌詩由夜鶯而起，濟慈有意藉此表達他深沉的哀嘆與憂鬱之感。

以上這兩首詩，皆有助於解釋濟慈詩中哀傷與失落的氣息，當然也包括他對於自然界特殊的敏感度與感性。

Amor and Psyche

1_ Ode to Psyche[1]

(30)

O Goddess! hear these tuneless numbers, wrung   1
    By sweet enforcement and remembrance dear,
And pardon that thy secrets should be sung
    Even into thine own soft-conched[2] ear:
Surely I dreamt to-day, or did I see   5
    The winged Psyche with awaken'd eyes?
I wander'd in a forest thoughtlessly,
    And, on the sudden, fainting with surprise,
Saw two fair creatures, couched side by side
    In deepest grass, beneath the whisp'ring roof   10
    Of leaves and trembled blossoms, where there ran
        A brooklet, scarce espied[3]:
'Mid hush'd[4], cool-rooted flowers, fragrant-eyed,
    Blue, silver-white, and budded Tyrian[5],
They lay calm-breathing on the bedded grass;   15
    Their arms embraced, and their pinions[6] too;
    Their lips touch'd not, but had not bade adieu,
As if disjoined by soft-handed slumber[7],
And ready still past kisses to outnumber
    At tender eye-dawn of aurorean[8] love: 20
        The winged boy I knew;
But who wast thou, O happy, happy dove?
    His Psyche true!

---

1   Psyche，賽姬，為邱比特所瘋狂愛慕
2   conch [kɑːntʃ] (n.) 海螺
3   espy [esˈpaɪ] (v.)〔文〕發現意外的東西
4   hush'd (a.) 寂靜的（= hushed [hʌʃt]）

1_ 賽姬頌

哦，女神！聽聽這些無調的歌，　　　　　　　　　　1
　　來自甜蜜的苦思與珍貴的回憶，
請原諒，你的秘密被歌聲唱出
　　甚且落入你那柔軟的耳中：
是我今天做了夢，還是我的確　　　　　　　　　　　5
　　用清醒的雙眼看見了長著羽翼的賽姬？
我在林間漫步，漫不經心，
　　驀地，我一陣詫異，
我看到兩位仙子，肩並肩地躺著
　　在草地的深處，在窸窣的綠葉下　　　　　　　　10
　　在搖曳的花朵下，那兒有
　　　　一道小溪，隱密得難以發現：
靜靜生長的花朵，花蕊含芳，
藍色的花，銀白色的花，紫色的花蕾，
在綠茵上靜靜地躺著；　　　　　　　　　　　　　　15
　　仙子用雙臂和羽翼相擁著；
　　他們未互相親吻，也未互道別，
彷彿睡眠用手輕柔地把他們分開，
但依然準備給彼此數不清的吻
　　在黎明溫柔的關愛注視下：　　　　　　　　　　20
　　　　我所認識的長翅膀男孩；
但你是誰，喔，幸福的白鴿？
　　是他的賽姬！

5　Tyrian，泰爾（Tyre）出產的紫色染料
6　pinion ['pɪnjən] (n.)〔古〕〔文〕翼；翅
7　slumber ['slʌmbər] (n.)〔書〕睡眠；微睡
8　aurorean [ɔ'rɔːrɪən] (a.)〔詩〕似黎明的（Aurora 是晨曦女神）

O latest born and loveliest vision far
　　Of all Olympus' faded hierarchy[9]!　　　　　25
Fairer than Phoebe's[10] sapphire-region'd star,
　　Or Vesper[11], amorous[12] glow-worm of the sky;
Fairer than these, though temple thou hast none,
　　　　Nor altar heap'd with flowers;
Nor virgin-choir to make delicious moan　　　30
　　　　Upon the midnight hours;
No voice, no lute, no pipe, no incense sweet
　　From chain-swung censer[13] teeming[14];
No shrine, no grove, no oracle[15], no heat
　　　　Of pale-mouth'd prophet dreaming.　　　35

O brightest! though too late for antique vows,
　　Too, too late for the fond believing lyre[16],
When holy were the haunted forest boughs,
　　Holy the air, the water, and the fire;
Yet even in these days so far retir'd　　　　40
　　　　From happy pieties, thy lucent[17] fans,
　　　　Fluttering[18] among the faint Olympians,
I see, and sing, by my own eyes inspired.
So let me be thy choir, and make a moan
　　　　Upon the midnight hours;　　　　45

9　hierarchy ['haɪrɑːrki] (n.) 等級制度
10　Phoebe (n.) 〔希臘神〕月神
11　Vesper ['vespər] (n.) 傍晚的星辰
12　amorous ['æmərəs] (a.) 戀愛的
13　censer ['sɛnsər] (n.) 香爐

哦，最晚出生卻最美麗
　　奧林帕斯眾女神也黯然失色！　　　　　25
美貌更勝月神寶藍穹蒼上的星辰，
　　那顆向晚時分閃耀天空的星星；
美得超乎了這些，即使沒有崇拜的聖殿，
　　沒有供上鮮花的祭壇；
沒有童女唱詩班的美妙吟唱　　　　　　　30
　　在午夜時分裡；
沒有歌聲，沒有琴聲，沒有笛聲，
　　沒有從香爐中裊裊升起的陣陣薰香；
沒有聖地，沒有樹林，沒有神諭，
　　沒有唇色蒼白的先知所神往的熱情。　35

哦，最耀眼的人兒！你沒趕上古老的誓詞，
　　也沒趕上充滿感情的豎琴樂聲，
當時神聖充盈在深林的枝葉中，
　　注滿在空氣、流水和火光中；
即使今日已經去時甚遙　　　　　　　　　40
　　昔日幸福的虔敬，你那發光的羽翼，
　　依然在失色的奧林帕斯女神間揮動，
我看見，我歌唱，透過自己的雙眼得到靈感。
讓我做你的唱詩班，為你吟唱
　　在午夜時分裡；　　　　　　　　　　45

14　teem [tiːm] (v.) 充滿
15　oracle [ˈɔːrəkəl] (n.) 神諭
16　lyre [laɪr] (n.) 古希臘的七弦豎琴
17　lucent [ˈluːsənt] (a.) 發光的
18　flutter [ˈflʌtər] (v.) 振翅

Thy voice, thy lute, thy pipe, thy incense sweet
    From swinged censer teeming;
Thy shrine, thy grove, thy oracle, thy heat
    Of pale-mouth'd prophet dreaming.
Yes, I will be thy priest, and build a fane[19]   50
    In some untrodden region of my mind,
Where branched thoughts, new grown with pleasant pain,
    Instead of pines shall murmur in the wind:
Far, far around shall those dark-cluster'd trees
    Fledge[20] the wild-ridged mountains steep by steep;   55
And there by zephyrs[21], streams, and birds, and bees,
    The moss-lain Dryads[22] shall be lull'd to sleep;
And in the midst of this wide quietness
A rosy sanctuary[23] will I dress
With the wreath'd trellis[24] of a working brain,   60
    With buds, and bells, and stars without a name,
With all the gardener Fancy e'er could feign[25],
    Who breeding flowers, will never breed the same:
And there shall be for thee all soft delight
    That shadowy thought can win,   65
A bright torch, and a casement[26] ope[27] at night,
    To let the warm Love in!

---

19 fane [feɪn] (n.) 〔文〕神殿
20 fledge [fledʒ] (v.) 小鳥長飛羽
21 zephyr ['zefər] (v.) 〔文〕西風
22 dryad ['draɪæd] (n.) 〔希臘神〕森林的精靈
23 sanctuary ['sæŋktʃuəri] (n.) 聖所
24 trellis ['trelɪs] (n.) 格子；棚架
25 feign [feɪn] (v.) 〔文〕假裝
26 casement ['keɪsmənt] (n.) 豎鉸鏈窗
27 ope，等於 open

讓我做你的歌聲，你的琴聲，你的笛聲，
　　從香爐中裊裊升起的陣陣薰香裡；
讓做你的聖地，你的樹林，你的神諭，
　　做你唇色蒼白的先知所神往的熱情。
是的，我將做你的祭司，為你建造一座殿堂　　　　　　　50
　　在我心靈深處杳無人跡的地方，
在那兒從歡愉的苦痛中生起的紛紛思緒，
　　取代了松樹在風中的喃喃細語：
遠方蒼鬱的林木
　　如鳥翼般層層覆蓋著崇山峻嶺；　　　　　　　　　　55
在那兒有微風、小溪、百鳥和蜜蜂歌唱，
　　為躺在苔蘚上的林中仙子哄睡入眠；
在這一片廣闊無垠的靜寂之中
我要為你安置一座玫瑰聖殿
用腦海中織出的花環藤蔓，　　　　　　　　　　　　　60
　　用蓓蕾、鈴鐺和不知名的星星，
用「幻想園丁」的所有技藝，
　　他培育花卉，品種各異：
那裡會為你提供幽思所能想得到的
　　一切恬逸歡愉，　　　　　　　　　　　　　　　　　65
夜裡一把明亮的火炬，一扇敞開的窗扉，
　　讓溫暖的愛神進門！

濟慈引用邱比特與賽姬相戀的神話，一方面吟唱出這段愛情故事，另一方面則
是重新喚起先知詩人的傳統（亦即，一開始先祈求繆思女神）。在這首詩裡，讀
者也可感受到，濟慈創作的原則是以半寐半醒的狀態為基礎。他將受到禁錮的
幻想（Fancy）釋放出來，以便創造出想像力。這首詩點出詩歌創作的特點，並
告訴我們他求助於神話是為了歌誦愛情。濟慈透過這個典故表達對愛情的孤獨
悲嘆，以及他試圖追回流失以久的先知詩人傳統。

2_ Ode to a Nightingale¹

1

My heart aches, and a drowsy numbness pains $\qquad$ 1
    My sense, as though of hemlock² I had drunk,
Or emptied some dull opiate³ to the drains
    One minute past, and Lethe⁴-wards had sunk:
'Tis not through envy of thy happy lot, $\qquad$ 5
    But being too happy in thine happiness, —
    That thou, light-winged Dryad of the trees⁵,
        In some melodious plot
Of beechen⁶ green, and shadows numberless,
    Singest of summer in full-throated ease. $\qquad$ 10

2

O for a draught⁷ of vintage⁸! that hath been
    Cool'd a long age in the deep-delved⁹ earth,
Tasting of Flora and the country green,
    Dance, and Provencal¹⁰ song, and sunburnt mirth!
O for a beaker full of the warm South, $\qquad$ 15
    Full of the true, the blushful Hippocrene¹¹,
      With beaded bubbles winking at the brim,
        And purple-stained mouth;
    That I might drink, and leave the world unseen,
    And with thee fade away into the forest dim: $\qquad$ 20

2_ 夜鶯頌

1

我心作痛，一陣欲昏的麻痛　　　　　　　　　　1
　　我感到猶如飲下毒鳩，
又像鴉片充滿全身
　　開始向著遺忘河下沉：
這不是因為我嫉妒你的幸福，　　　　　　　　5
　　而是為你的幸福感到狂喜——
　　是你，羽翼輕盈的樹精靈，
　　在旋律悠揚的林間
在蔭鬱蔚然的山毛櫸中
　　引吭唱著夏之歌。　　　　　　　　　　　10

2

啊，來一口酒！
　　在地下深藏多年的冷飲，
嚐起來有花香綠野的味道，
　　舞蹈，情歌，灑著陽光的歡樂！　　　　15
啊，來一大杯南國的溫暖，
　　充滿清醇赧紅的靈感泉水，
杯緣浮著起起落落的泡沫，
　　在紫色的杯口上；
　　我或許會飲下它，悄悄離開這個塵世，　　20
　　　　與你一同隱入幽林中：

1　夜鶯，在此為孤獨的象徵
2　hemlock [ˈhemlɑːk] (n.) 毒芹屬植物
3　opiate [ˈoʊpiət] (n.) 鴉片劑
4　Lethe [ˈliːθi] (n.)〔希臘神〕遺忘河，死者飲其水，會忘盡前生之事
5　Dryad of the trees，指樹神
6　beechen [ˈbiːtʃən] (a.) 山毛櫸的
7　draught = draft 一飲
8　vintage [ˈvɪntɪdʒ] (n.) 好的葡萄酒
9　delve [delv] (v.) 挖掘
10　Provence，普羅旺斯，位法國東南部，以情歌創作而聞名
11　Hippocrene, Mt. Helicon 山上的繆思之泉，暗示詩的靈感

3

Fade far away, dissolve, and quite forget
　What thou among the leaves hast never known,
The weariness, the fever, and the fret[12]
　Here, where men sit and hear each other groan;
Where palsy[13] shakes a few, sad, last gray hairs,　　　　　　25
　Where youth grows pale, and spectre[14]-thin, and dies;
　　Where but to think is to be full of sorrow
　　　And leaden-eyed despairs,
　Where Beauty cannot keep her lustrous[15] eyes,
　　Or new Love pine at them beyond to-morrow.　　　　　　30

4

Away! away! for I will fly to thee,
　Not charioted by Bacchus[16] and his pards[17],
But on the viewless wings of Poesy[18],
　Though the dull brain perplexes and retards:
Already with thee! tender is the night,　　　　　　35

And haply[19] the Queen-Moon is on her throne,
　　Cluster'd around by all her starry Fays[20];
　　　But here there is no light,
Save what from heaven is with the breezes blown
　　Through verdurous[21] glooms and winding mossy ways.　　40

3

遠遠地隱沒，消失，忘盡
　　　你在枝葉間所不會知道的一切，
疲憊，塵勞，憂愁
　　　在這裡，人們坐著在那兒聽著別人的苦惱；
那兒有幾根悲哀的白髮在顫顫搖晃著，　　　　　　　25
　　　那兒青春會逐漸黯淡，枯萎，逝去；
　　　　　一想到那兒就教人悲從中來
　　　　　　教人眼神凝重充滿絕望，
　　　美在那兒無法保住她閃閃動人的明眸，
　　　　才剛滋長的愛情隔天就會萎去。　　　　　　30

4

離去吧！離去吧！我將向你飛去，
　　　不用酒神一行人的載送，
而是乘著詩歌無形的羽翼，
　　　儘管滿腦子的混亂與疲乏：
已經和你相伴了！夜這般溫柔，　　　　　　　　　35

月后正高坐在她的寶座上，
　　　身旁圍繞著星星仙子們；
　　　　但這裡沒有亮光，
除了一道隨著微風吹拂而下的天光
　　　穿過蓊鬱蜿蜒的生苔小徑。　　　　　　　　40

12　fret [frɛt] (n.) 苦惱
13　palsy ['pɔːlzi] (n.) 麻痺；癱瘓
14　spectre ['spɛktər] (n.) 幽靈
15　lustrous ['lʌstrəs] (a.) 有光澤的
16　Bacchus ['bækəs] 〔羅馬神〕酒神
17　pard [pɑːrd] (n.) 夥伴
18　poesy ['pouɪzi] (n.) 詩；韻文
19　haply ['hæpli] (adv.) 碰巧地
20　fay [feɪ] (n.) 仙女；妖精
21　verdurous ['vɜːrdjərəs] (a.) 碧綠的

12
約翰・濟慈

5

I cannot see what flowers are at my feet,
　　Nor what soft incense hangs upon the boughs,
But, in embalmed[22] darkness, guess each sweet
　　Wherewith the seasonable month endows
The grass, the thicket, and the fruit-tree wild;　　　　　　45
　　White hawthorn, and the pastoral[23] eglantine[24];
　　　Fast fading violets cover'd up in leaves;
　　　　And mid-May's eldest child,
　　The coming musk-rose, full of dewy wine,
　　　The murmurous haunt of flies on summer eves.

. . . .

8

Forlorn! the very word is like a bell
　To toll me back from thee to my sole self!
Adieu! the fancy cannot cheat so well
　As she is fam'd to do, deceiving elf.
Adieu! adieu! thy plaintive anthem fades　　　　　　75
　Past the near meadows, over the still stream,
　　Up the hill-side; and now 'tis buried deep
　　　In the next valley-glades:
　Was it a vision, or a waking dream?
　　Fled is that music:--Do I wake or sleep?　　　　　　80

22　embalm [ɪmˈbɑːm] (v.) 使充滿香氣
23　pastoral [ˈpæstərəl] (a.) 田園式的
24　eglantine [ˈegləntaɪn] (n.) 多花薔薇

5

我看不到腳邊長著什麼花，

　　也看不到枝頭的清香花朵，

在芬馥的黑暗中，只能猜想

　　在這季節裡，哪一種芬芳該屬於

青草，樹叢，野果樹；　　　　　　　　　　　　　　45

　　白色的山楂花，田園裡的薔薇；

　　　　綠葉中易凋的紫羅蘭；

　　　　　　五月中旬的長子，

　　即將綻放的麝香薔薇，綴滿醉人的水珠，

　　　　嗡嗡蚊蠅夏日黃昏連流的地方。

....

8

失掉了！這句話如鐘敲醒了我

　　讓我離開你回到了自己身上！

再會了！幻想，她無法如此欺瞞人

　　雖然她以此道聞名，這位騙人的精靈。

再會了！再會了！你哀怨的歌聲漸行漸遠　　　　　75

　　穿過鄰近的草地，越過幽靜的溪流，

　　　　爬上山丘；如今深埋在

　　　　　　鄰近山谷的林間空地上：

　　這究竟是幻覺，還是白日夢？

　　　　歌聲已遠颺——此刻我是睡，還是醒？　　　80

本詩為摘錄。在這首詩裡，濟慈也像大多數的浪漫派詩人一樣，試圖借鴉片之助，進入作夢的狀態。這首詩直接切入濟慈所堅持的中心課題，也就是詩歌的創作，是建立在人類負面能耐的基礎上，並指出了希望逃離塵世現實與苦難的企圖。

詩中提到的夜鶯，則有助我們明瞭濟慈心靈的狀態。濟慈摒棄他身為人類的主觀現狀，以便與詩中描述的夜鶯融為一體。由於夜鶯如此快樂，濟慈也希望快意暢飲，暫時逃離這個塵世。他期望自己飛得高飛得遠，把塵世間的憂愁煩惱，遠遠地拋諸腦後。而他逃避的方式，並不是讓自己與他物重疊，而是靠著「作詩」無拘無束的自由。

仗著作詩的這份自由無拘束，濟慈轉而追求田園詩的理想，儘管心中孤獨寂寞，仍吟唱出夜鶯的永恆不朽。雖然彷彿受到「Forlorn」的詛咒，被召回到冷酷的現實，但所接收到的幻景卻有其特殊意義，他創造一個超脫塵俗、雲深不知處的所在，以便遠離現實的索然無味，並以此詩表達他尋求這世間永恆的美與知識的希冀。

波西・雪萊（Percy Bysshe Shelley, 1792-1822）

13

Percy Bysshe Shelley

Poet of Defence

波西・雪萊

辯 護 詩 人

革命詩人（Revolutionary Poet）

提到波西・雪萊，每個人都能琅琅上口的名句——「冬天來了，春天還會遠嗎？」（If Winter comes, can Spring be far behind?）便是取自赫赫有名的〈西風頌〉（Ode to the West Wind）。在這其中，可以感受到一股渴望革命的潛在意志，以及對希望的殷切期盼，而這兩者都源自於大自然力量對他的啟發。

浪漫主義的精神也是如此，那是一個充滿革命熱情又熱愛自然的時代。有了這份認識，我們才得以進入雪萊的文學世界，期間的特色便是復興柏拉圖以降的詩歌傳統。雪萊不贊成詩造成文化衰退的假設，他提出的反駁是，詩人可能創造出新的語言，因此可以合理化、並預告將來的趨勢。所以說，詩人可藉由破壞、重建我們熟悉的形式，來重新創造這個世界的物質。

在這個情況下，雪萊重拾起他從有機體隱喻中得到的啟發，將詩人的思想比喻為「思想是花朵的種子與新時代的果實」。詩「經由內省，清除掉使我們對週遭不再驚奇的熟悉感……並重新創造一個宇宙」。最後，詩有使「社會革命的種子」萌芽的潛在性。雪萊將詩的社會功能、以及詩人的任務重新定位，因而駁倒了柏拉圖指責詩人的模仿能力與真理相隔。

身為浪漫派詩人，雪萊和其他詩人一樣，都強調人類的心靈或想像力。人的邏輯思考能力，將自然視為解剖觀察和利用的對象；人的心靈或想像力，長久以來就被這樣的邏輯思考能力所限制。雪萊跟柯立芝一樣，利用風弦琴的隱喻來象徵人類心靈，試圖求得人類與自然的完整性。他認為，詩人不僅能夠根據自身經驗，創造出美的樂音，而且能「從聲音或動作的內部調整，從而激起深刻的印象」。

至於詩的創作，雪萊以符合修辭又確實的措辭，來談人類心靈的創造能力：「創作時的心靈，如同即將燒盡的炭，有某種無形的影響力，就像斷斷續續吹來的風，喚起短暫的光亮；這股力量是從內生起的，就像花朵的顏色，隨著綻放而消退、改變。」

雪萊假設詩歌創作及詩的定義，都與自然處於平衡和諧的關係。關於詩的定義，雪萊提出一個重要的觀點，詩人，並不像柏拉圖所指控的那般，期望著「永恆、無限、純一」。在這裡可以看出雪萊對詩的貢獻，一方面他讓詩人得以運用柏拉圖的理式（Idea）；另一方面，他讓人明瞭詩人的任務在於運用其創造能力，修復破敗的語言，並使其恢復生氣，讓人重新感知這個世界。

13
波西・雪萊

早年生活

雪萊生於薩克斯郡（Sussex），父親是英國維新黨員（Whig）的鄉紳，母親是個想像力和感情豐沛的女性。雪萊有四個姊妹，他很喜歡和她們玩想像的遊戲。他最初就讀於 Syon House Academy，此時他對恐怖文學產生濃厚興趣，並開始深入研究理想主義。雖然他對科學實驗充滿熱情，也喜歡恐怖的事物，但後來卻將注意的焦點轉向政治與宗教，而這些關注則充分反映在他的詩作裡。

雪萊的初戀情人是 Harriet Grove，但後來因為雪萊激進的思想和政治上的堅持，而遭到女方家人反對。對雪萊而言， 1810 年可說是人生的轉捩點；這一年，他進入了牛津大學學院，並集中研讀懷疑論、唯物論和決定論者的著作。不過他因為與人合著《無神論的必要性》（*The Necessity of Atheism*）而遭退學。雪萊後來不得不和 Harriet Westbrook 結婚，以便可以不再受父親的控制。而雪萊的激進思想和行動於 1812 年在愛爾蘭策劃抗議行動時達到高峰。

當雪萊重回倫敦，此時他已成為《政治正義論》（*Inquiry Concerning Justice*）的作者 William Godwin 的忠實追隨者。 1813 年，他發表重要的作品〈麥布仙后〉（Queen Mab），這是一首先知詩，講述一個破碎的靈魂所經歷的旅途，從而揭示過去、現在和未來的幻覺，雪萊以這首詩表達他對體制化且墮落的宗教所生的懷疑。

次年春天雪萊的婚姻瀕臨破裂，接著他與瑪麗‧高德溫（Mary Wollstonecraft Godwin）一起私奔。雪萊再度重返倫敦時，他發現自己不但被視為無神論者、革命者，而且還被冠上無道德者之名。這個意想不到的結果，令雪萊傷心不已，因為他發現自己向來傾全力支持的社會福利，居然不站在他這邊，於是他離開了英國。

而在義大利期間，雪萊一直搬遷，居無定所，這些都是日後導致雪萊陷入絕望的主要因素。但也正因為如此，促使他於 1820 年完成其代表作《解放了的普羅米修斯》（*Prometheus Unbound*），以及 1819 年的悲劇《珊希》（*The Cenci*）。

由於受到柏拉圖與新柏拉圖主義者的影響，雪萊試圖扭轉世人對於詩的負面看法。他發現在柏拉圖的學說中，可找到兩個世界：其一受著表象和變化無常的宰制，另一個則是由理式與永恆不變所主導。雪萊的詩經常反映出這兩個世界間緊繃的張力。他也使用許多意象，如雲雀，來表達他想將這兩個世界結合起來的意圖。

美感與賞析

在政治思想方面，雪萊深受激進主義的影響，哲學方面則是服膺理想主義，這兩個要素在他詩中很難分開。要領略雪萊詩作之美，關鍵在於要明白他試圖把詩提升進入柏拉圖理想主義國度上所做的貢獻。由此可知，人的心靈不僅是邏輯思考的機制，也能將日常生活中平凡無奇的事物賦予新意。因此在雪萊的詩中感受到的美，同時兼具了知性之美以及人類心靈與自然的和諧。

Mary Shelley (1797-1851)

瑪莉‧雪萊，英國小說家，《科學怪人》（*Frankenstein*, 1818）的作者，被譽為科幻小說之母。其母親 Mary Wollstonecraft（1759-1797）也是知名作家，被視為是女權主義哲學家的鼻祖之一；其父親 William Godwin（1756-1836），是一位哲學家兼小說家，是功利主義和無政府主義觀點的先輩之一。

選輯緣由

儘管雪萊的文學貢獻在當時很少被提及，但無損於他對後世文壇的影響力。本章所選輯的詩可說明他不僅是政治的激進思想家，同時也是為讀者開啟全新視野的詩人。

詩人的地位從柏拉圖時代即遭到貶抑，但雪萊為之平反。在以下選輯中，可以看到雪萊利用自然的象徵，晉升到柏拉圖的理式世界，並清楚看出雪萊如何成功地將自然和理式揉合到這兩首詩裡。

1_ To— [Music, when soft voices die]

(32) Music, when soft voices die,　　　　　　　　1
Vibrates in the memory.—
Odours, when sweet violets sicken,
Live within the sense they quicken. —

Rose leaves, when the rose is dead,　　　　　5
Are heaped for the beloved's bed —
And so thy thoughts, when thou art gone,
Love itself shall slumber on.

致——〔音樂，當柔美的聲音消逝〕

音樂，當柔美的聲音消逝，　　　　　　　1
也能縈迴在記憶裡——
香氣，當甜美的紫羅蘭萎去，
還能存留在被激起的感官裡——

玫瑰葉，在玫瑰凋零後，　　　　　　　5
仍佈滿在情人的床榻上——
你的思想亦如是，當你已離去，
愛將繼續沉睡下去。

在這首詩裡，雪萊利用了豎琴這個意象，雖然字裡行間遍尋不著，但在第一節的頭兩句便可看出這個暗示。雪萊在詩中也和柯立芝一樣，將人的心靈和想像力比擬為豎琴，可發出無法捕捉，卻又縈繞心頭的聲響。

此外，他還將生與死、變化無常與永恆不變的意象並陳，強調在人的感覺裡所生的殘餘影響。由此可以理解雪萊所假定，詩歌創作就如「餘燼」（fading coal）的說法。另一方面，也可以感受到雪萊的堅定意志，希望到達理式（Idea）或形式（Form）的真正國度，一個永恆不變的境界。

由於身處於浪漫主義的文化模式，雪萊也向大自然尋求實質的協助。他借用自然的元素，如玫瑰，並賦予更為清晰明確的意義，將其凋零轉化成永恆的概念。

雪萊期待的是能超越一切變化的理想愛情。另一方面，對雪萊而言，詩人的心靈就像是豎琴，在一陣風過後，撥彈出風吹掠的聲響。從這層意義來看，就可以理解雪萊在變動現象和永恆理式兩個國度間，取其平衡的做法。

2_ The flower that smiles today 今日微笑的花朵

The flower that smiles today   1
    Tomorrow dies;
All that we wish to stay
    Tempts and then flies;
What is this world's delight?   5
Lightning that mocks the night,
    Brief even as bright.

Virtue, how frail it is! —
    Friendship, how rare! —
Love, how it sells poor bliss   10
    For proud despair!
But these though soon they fall,
    Survive their joy, and all
Which ours we call.—

Whilst skies are blue and bright,   15
    Whilst flowers are gay,
Whilst eyes that change ere[1] night
    Make glad the day;
Whilst yet the calm hours creep,
Dream thou—and from thy sleep   20
    Then wake to weep.

今日微笑的花朵
    明日凋殘；
我們想留下的一切
    在誘惑之後飛別而去；
塵世的喜悅為何？
嘲弄夜晚的閃電，
    一閃而逝。

美德，是如此脆弱！——
    友誼，何其希有！——
愛情，是如何地出賣廉價的歡樂
    換取自命不凡的絕望！
這一切，雖然稍縱即逝，
    卻依然留下歡樂，這一切
我們宣稱擁有之。——

當天際蔚藍晴朗，
    當花朵恣情綻放，
當眼神在夜幕低垂前變化
    讓白日變得歡樂；
在寂靜的時刻悄悄接近之前，
且作夢吧！——然後從沉睡中
    清醒，哭泣。

---

1   ere [er] (conj.) (prep.) 在以前

本詩最初定名為 Mutability，並收錄在瑪麗‧雪萊於 1824 年出版的《雪萊詩集》（*Posthumous Poems of Percy Bysshe Shelley*）。在這首詩中，雪萊使用花的意象，並以人生的變化比擬自然界的生生不息。中心主題就如詩所暗示的，顯示出雪萊意圖抓住稍縱即逝的時光，把被比作花朵的歡樂留下。

在第一個詩節，雪萊就點出我們希望一切維持不變的強烈慾望。然而，他卻以花的意象透露出，天下沒有不散的筵席，他接著說明，他認為在這瞬息萬變的世上，唯有創造力才能抓住稍縱即逝的剎那。

雪萊接著談到「美德」與「愛情」這兩個概念，認為兩者都無法長久存在。雖然如此，但並不表示我們就無法擁有。反之，雪萊告訴我們美德與愛情即便消逝，仍可留存下來，他認為這正是烙印於心靈的「歡樂」。而歡樂的時光，如雪萊所示，就如花兒蒼白之時湛藍、鮮明的晴空。然而，遁逃進入夢鄉很快又成了絕望生活中的回憶。

這首詩讓我們了解到，雪萊面對殘酷的生活時心中的悲嘆，生活中到處都是死亡、變化的意象，也充滿著他對另一個世界的寄望。我們在詩中看到雪萊創作的靈感，還有他以知性連結兩個世界的努力。

拜倫（Lord Byron, 1788-1824）

14

Lord Byron

Poet of Satanic Hero

拜倫爵士

拜倫式英雄的詩人

善惡之外

在浪漫派的思想家當中，拜倫（Lord Byron, 1788-1824）給人最深刻的印象，就是他放蕩不羈的行為，不論在現實生活中，或是詩中的虛擬世界皆然。他是浪漫主義的代表典型，當時在歐洲幾乎無人不受拜倫式英雄的影響。拜倫式英雄（Byronic hero）或稱撒旦式英雄（Satanic hero），其特點為：

一，執迷不悔的流浪者，因為無所適從的罪惡感，而走向無法避免的命運。

二，拜倫式英雄獨立自主，會正面衝撞遵循道德法則的體制。

透過這個文學人物，可以對十九世紀典型的英雄有一番認識，例如《咆哮山莊》（*Wuthering Heights*）中的希斯克里夫（Heathcliff）。尼采（Friedrich Nietzsche）的超人（Overman），超越了傳統標準或規範所界定的善與惡，與拜倫式英雄有所雷同。

拜倫有別於同時代的人而自成一格，他還有另一個特質，那就是他推崇新古典時代，特別是亞歷山大·波普（Alexander Pope）。他從波普身上獲得許多創作的靈感，從而發展出自己的文學規律。例如在《唐璜》（*Don Juan*）中，他使用波普的目標與方法，來批判現代文明，呈現一幅諷刺的縮圖。不僅如此，他還影射以班·強生為首、強調修辭的

Friedrich Nietzsche
(1844-1900)

妥適性與「優雅」概念的騎士派傳統，這一點在下面的詩作〈她在美麗中行走〉（She Walks in Beauty）中表現最為明顯。

身兼詩人與思想家的拜倫，探究文明的深度與價值，進而分析出隱藏在社會底下具顛覆破壞性的問題。他提出一個替代的看法，挑戰我們受宗教、教育等權力和知識制度所設定而僵化的思想。

虛構人物抑或真實人生

有人認為**拜倫式英雄**雖是虛構的人物，但其實就是拜倫自己的縮影。不過，只要仔細觀察就可推翻這樣的看法，拜倫與他的人物之間是有很大的差別。根據拜倫的書信和他友人的說法，拜倫在許多方面都與他所創造的人物不同。據說，拜倫是個熱情、意志堅定的人，像極了十八世紀擁有精力充沛、寬容大度、能言善道等特質的人物。拜倫刻意和世人保持一段距離，而這只是為了掩飾他的羞怯。

儘管要區隔拜倫與他筆下的虛構人物，確實有所困難，但不可否認的是，拜倫式英雄扮演了一個比他本人更為重要的角色。有人認為其長篇戲劇詩《唐璜》，是繼密爾頓《失樂園》（*Paradise Lost*）以來最傑出的史詩。拜倫於 1818 年開始寫作此詩，但到去世之前都沒有完成。這首詩共有十七個詩節。唐璜這個虛構的英雄人物，讓拜倫得以在道德體制之內表達對性愛的看法。這首詩可以說是囊括了上述拜倫式英雄所有的構成元素。

拜倫出身貴族世家，他是獨子，父親是被人戲稱為「瘋傑克」（Mad Jack）的約翰·拜倫上校（Captain John Byron）。拜倫的姑公、第五代拜倫男爵 William Byron，曾經在一次爭執中殺死鄰居，這件醜聞使整個家族蒙上一層陰影。拜倫的母親，凱薩琳·戈登（Catherine Gordon），則是蘇格蘭詹姆斯一世的後代。

拜倫於 1794 年開始就讀於蘇格蘭亞伯丁（Aberdeen）的文法學校。當時保姆 Mary Gray 對他有很大的影響，葛雷是一名嚴謹的喀爾文教派信徒。拜倫自幼跛足，據說母親曾為此花費鉅資治療，但徒勞無功。母親於是稱他為「討人厭的瘸子」（lame brat）。 1798 年，拜倫十歲時，姑公去世，由他繼承爵位。由於身分上的變化，拜倫被送進哈羅學校（Harrow School）、三一學院，日後並進入劍橋。

而說到拜倫的婚姻，我們必須對他早熟的性情有些認識。他七歲時就瘋狂地迷戀表妹 Mary Duff，她嫁作人婦時，拜倫心碎不已。後來拜倫娶了 Anne Isabella Milbanke 為妻，並育有一女。

Don Juan and the statue of the Commander

還有一個關於拜倫的軼事，那就是他積極協助希臘脫離土耳其獨立，甚至親自訓練、資助部隊。但在沮喪、虛弱的情況下，拜倫卻被熱病擊倒，並且以不到三十六歲的英年與世長辭。拜倫當時被視為全希臘的民族英雄。

美感與賞析

拜倫在美學方面的成就在於他塑造了拜倫式英雄的概念。這個概念洋溢著革命的力量，敢於質疑傳統制式的價值體系，如道德規範等。因此，拜倫的唯美主義可以說是以詩來傳達他強烈反對任何形式的權力或知識體制。

選輯緣由

拜倫是個特殊的浪漫派詩人，他甚至推崇新古典時代，結果在當時遭受許多謾罵批評。我們在他的作品裡可以看出，他運用騎士派的傳統，這點明顯出現在以下所選的詩裡。

這幾首詩可讓我們在某種程度上明瞭，拜倫作品的風格有別於其他浪漫派詩人。我們可以從這些詩中許多具體的例子看出，拜倫如何借助新古典主義的修辭與妥適性，表達出想像中的「愛情」這個主題。

1_ She Walks in Beauty

She walks in beauty, like the night   1
    Of cloudless climes[1] and starry skies;
And all that's best of dark and bright
    Meet in her aspect and her eyes:
Thus mellow'd to that tender light   5
    Which heaven to gaudy[2] day denies

One shade the more, one ray the less,
    Had half impair'd[3] the nameless grace
Which waves in every raven[4] Tress,
    Or softly lightens o'er her face;   10
Where thoughts serenely sweet express
    How pure, how dear their dwelling place

And on that cheek, and o'er that brow,
    So soft, so calm, yet eloquent,
The smiles that win, the tints[5] that glow,   15
    But tell of days in goodness spent,
A mind at peace with all below,
    A heart whose love is innocent!

---

1   clime [klaɪm] (n.) 〔文〕地帶；氣候區
2   gaudy ['gɔːdi] (a.) 華麗而俗氣的
3   impair [ɪm'per] (v.) 減弱
4   raven ['reɪvən] (a.) 黑油油的
5   tint [tɪnt] (n.) 色彩；色調

1_ 她在美麗中行走

她在美麗中行走，猶如無雲的夜   1
　　星光璀璨的晴空；
黑暗與光明薈萃
　　閃耀在她的容顏和雙眸中；
在溫柔的星光下更見柔美   5
　　那是俗艷的白天得不到的恩典。

多一分陰黯，少一分光亮，
　　都會損害這無以言喻的優雅
它隨著絲絲的烏黑髮梢波動著，
　　柔和的光映照在她的臉龐上；   10
那裡傳達著恬靜的思緒
　　那裡，多麼純淨，多麼珍貴。

她的臉頰，她的眉頭，
　　如此柔美，如此靜謐，又含情脈脈，
她動人的微笑，散發的光彩，   15
　　透露出她過著美德的生活，
她平靜安寧的心容納了塵世的一切，
　　她的心懷著純真無邪的愛！

這首情詩，是拜倫見到他那美麗的表妹之後所作的，當時她身著黑色喪服，卻因一些亮晶晶的小東西而顯得明亮耀眼。在這首詩中間，拜倫提到了騎士派詩人，其傳統正是強調妥適性的修辭，以及刻畫心上人的「優雅」。這首詩一方面讓我們了解拜倫獲得靈感的來源，另一方面顯示出拜倫如何以不同的方式，説出內心深處的憂鬱以及時晴時雨的熱情。

35

2_ They say that Hope is Happiness

Felix qui potuit rerum cognoscere causas.[1]
　　　　　　　　　　　　　　—Virgil

They say that Hope is happiness—　　　　　　　　1
　　But genuine Love must prize the past;
And Mem'ry wakes the thoughts that bless:
　　They rose the first—they set the last

And all that mem'ry loves the most　　　　　　　　5
　　Was once our only hope to be:
And all that hope adored and lost
　　Hath [has] melted into memory

Alas! it is delusion[2] all—
　　The future cheats us from afar:　　　　　　　　10
Nor can we be what we recall,
　　Nor dare we think on what we are.

1　此句引用維吉爾（Virgil）在田園詩（Georgics）當中的詩句「Happy is he who has been able to learn the causes of things.」大意是：快樂是屬於能在事情中習得因果的人。
2　delusion [dɪˈluːʒən] (n.) 錯覺

2_ 人說希望便是幸福

快樂是屬於能在事情中習得因果的人。
　　　　　　　　　——維吉爾

他們說，希望就是幸福——　　　　　1
　　但真愛必然珍視過去；
回憶喚醒祈願的思緒：
　　它們最先升起，最後落下。

回憶所最珍愛的那一切　　　　　　5
　　都曾是我們唯一的希望：
而希望所曾企盼與失去的那一切
　　都已融入回憶裡。

呀！一切都是錯覺——
　　未來在遠方欺騙著我們：　　　10
我們不再是回憶中的自己，
　　也不敢思索自己究竟是誰。

這首詩傳遞出一個浪漫主義重要的基本概念，也就是**回憶**。對浪漫主義作家來說，他們喜歡從回憶過往當中尋求實質的協助，找出可能的解決之道，開啟一條通往未來之路。在這首詩中，拜倫把勇敢面對當作是一種喜悅，因為這是出於希望，而燃起希望的原因，也能夠對自己的過去、現在及未來有一番了解。在這首詩中，拜倫說出他對文明破滅的憂心，因為即使求助於回憶的救贖，也無法挽救人們脫離人類社會的衰敗。這首詩表面上嗅不出希望的氣息，但拜倫仍指引一個解決之道——人類應該保持記憶力，如此才能夠對未來的事與目前的處境有明確的想法。

36

3_ When We Two Parted

When we two parted   1
  In silence and tears,
Half broken-hearted
  To sever[1] for years,
Pale grew thy cheek and cold,   5
  Colder thy kiss;
Truly that hour foretold
  Sorrow to this.

The dew of the morning
  Sunk chill on my brow—   10
It felt like the warning
  Of what I feel now.
Thy vows are all broken,
  And light is thy fame:
I hear thy name spoken,   15
  And share in its shame.

They name thee before me,
  A knell[2] to mine ear;
A shudder[3] comes o'er me—
  Why wert[4] thou so dear?   20
They know not I knew thee,
  Who knew thee too well:
Long, long shall I rue[5] thee,
  Too deeply to tell.

In secret we met—   25
  In silence I grieve,
That thy heart could forget,
  Thy spirit deceive.
If I should meet thee
  After long years,   30
How should I greet thee?
  With silence and tears.

1 sever ['sɛvər] (v.) 分開
2 knell [nɛl] (n.) 通知死訊的鐘聲
3 shudder ['ʃʌdər] (n.) 戰慄
4 wert，相當於現代英語中的 were
5 rue [ruː] (v.) 懊悔；悲嘆

3_ 當我倆別離

當我倆別離　　　　　　　　1
　　在沉默與淚水中，
心破碎成兩半
　　多年的分離後，
你雙頰蒼白冰冷，　　　　　5
　　但更冰冷的是你的吻；
那個時刻早已被預言
　　此刻的傷痛。

清晨的露珠
　　在我眉頭滲出寒意——　　10
彷彿在向我預告
　　我如今的感受。
你的誓言全打破了，
　　你名聲輕浮：
我聽到你的名字時，　　　　15
　　不禁感到羞赧。

聽到他們提及你，
　　我如耳聞喪鐘；
我一陣冷顫——
　　怎會曾與你如此親近？　　20
他們不知我與你相識，
　　對你如此熟悉：
我將恨你許久許久，
　　恨意之深無法言喻。

我們曾偷偷地邂逅——　　　25
　　我默然哀傷著，
你的心能遺忘過去，
　　你的靈魂會欺騙。
如果我與你重逢
　　在多年以後，　　　　　30
我該如何面對你？
　　在沉默與淚水中。

在第一個詩節中，說話者敘述他與心上人離別。他覺得現在的悲傷，其實早在分離的那一刻就已開始——清晨的露珠冷冽地滴在他額頭上。他將之視為不祥的徵兆，這個警訊如隨後所揭露的，心上人背棄誓言。心上人的名字在說話者聽來，就像喪鐘般令人膽顫。最後一個詩節告訴我們，雖然同一詩句又再響起，但他的自覺已發生了變化。從說話者對心上人沉淪的描寫當中，可以了解到他感傷愛情的消逝，同時也是在哀嘆文明的崩解。

第四篇＿維多利亞時代與二十世紀

Victorian Age and Twentieth Century

Queen Victoria (1819-1901)

維多利亞女王 (1819-1901)，父親為喬治三世的第四子。維多利亞女王於 1837 年威廉四世逝世後即位，是英國迄今為止在位時間最長的君主。

維多利亞女王在位的 64 年期間，帶領英國走向「日不落國」的強盛境地，不論是在經濟、科學、文學、藝術方面都有很大的發展。她的誠實儉樸、勤政愛民等良好品德也為許多英國人所懷念。維多利亞女王在英國史上的功績可媲美都鐸王朝的伊莉莎白一世。

大英帝國興起

對英國來說，維多利亞時代不論在文學成就或殖民地的擴張上，都是重要的里程碑。維多利亞女王在位的 1837-1901 年間，大英帝國達到權力和威望的巔峰。由於軍事和經濟上有輝煌的成就，文學自然也走向所謂的「國族文化」（national culture），以間接或直接的手法描繪英國的具體形象。

阿諾德（Mathew Arnold, 1822-1888）或丁尼生（Alfred Tennyson, 1809-1892），堪稱這類提倡**國家想像**（national imaginary）的代表人物。丁尼生在《鷹》（Eagle）中就以老鷹翱翔天際的形象，替英國剝削殖民地的行為辯解。在國族文化的保護傘籠罩之下，這個時代的精神可粗分為三：**維多利亞正統派**、**傳統派**和**改革派**。

維多利亞正統派（Victorian Orthodoxy）的意義是，維多利亞時期主要的文化思考模式，完全是依循十九世紀資產階級的精神。資產階級龐大的影響力，甚至對女王構成威脅。文學品味因資產階級的精神而分裂成兩種態度：一方面，大多數人把藝術視為心情的調劑，藉以擺脫世俗煩惱；另一方面，也有許多人從經驗主義和實證哲學的角度來看待藝術作品，將藝術當作寫實主義。大致說來，十九世紀的寫實主義為資產階級取向，因此又稱**資產階級寫實主義**（Bourgeois Realism）。

傳統派（Traditionalist）則是指一群守舊人士，他們仍期待有一股力量來抵抗改變。傳統派抗拒改革，他們對互相競爭且建築在特許權之上的資本主義社會，充滿不信任與厭惡。他們認為社會走向衰敗，原因就出在資產階級強大的勢力，為人民帶來痛苦。

馬克思（Karl Marx, 1818-1883）的崛起，為維多利亞時代注入另一股翻雲覆雨的力量。這個時期的改革勢力與馬克思息息相關。**改革派**（Innovator）常被視為自由主義，實際上是和自由主義的資產階級思想略為不同。改革派是因為理想破滅，轉而支持或提倡社會主義。改革派主張的不只是資本主義體制的改進，而是要求全面改革受管制的經濟、國有獨佔，主張資產階級的權力由工人接管。

維多利亞時代的精神包羅三個不同的面向，文學的成就自然也是豐富多元。寫實主義小說在此時興起並成為主流，詩歌創作也瀰漫著國族文化的思維。這個時期雖然被稱作「二十世紀」，但實際上是始於十九世紀晚期，當時英國瀰漫著改革的氣氛。此時文學規律亦有所改變，開始強調作品本身的獨立性，這種「為藝術而藝術」(art for arts sake) 的宣言崛起，是為了反抗資本家對藝術的操控。

知識份子的努力：資產階級寫實主義的文化批評

藝術家在資產階級寫實主義當中所受到的疏離感（alienation），成了二十世紀知識份子想要重新探討的問題。此外，由於受到**法國象徵主義**（symbolism），尤其是**波德萊爾**（Charles Baudelaire, 1821-1867）的影響，英國的知識份子也開始注意**藝術的獨立性**，也就是要客觀地反映現代社會的現象。這個變化，引發了後來帶動**意象主義運動**（the imagist movement）的詩歌變革。意象（image）可以讓人產生畫面，有別於浪漫派作家模糊、主觀的情感表達。

艾略特（T. S. Eliot）在〈傳統與個人天才〉（Tradition and Individual Talent）一文當中，對浪漫派強烈的情感流露就有所批判，他批評渥茲華斯詩中傳達的僅是主觀、情緒化的，而非普遍、客觀的情感。關於文化與社會的衰微，艾略特的〈荒原〉（The Waste Land）可說是總結了所有的社會歷史現象，來說明現代生活中人們走向虛無（nothingness）的意志、人類疏離的關係，以及現代愛情或道德的沉淪。

二十世紀的主要特徵就在於，對資產階級寫實主義和浪漫派作家強烈情感的自然流露所進行的批判。這個文化批評的運動，常被稱做「**現代主義**」（modernism）。現代主義是說，對於疏離的社會、扭曲的價值及沉淪的道德，提出一個有距離的評論空間。而對這些人文的知識份子來說，他們的主要任務就是要開創一個新的觀賞方式，以挽救疏離和具體化（reification）的力量。但如果對歷史與文化典範沒有深厚的認識，就很難抓住這些知識份子思想的精髓。

15

Elizabeth Barrett Browning

Poetess of Genius

伊麗莎白 · 貝瑞 · 伯朗寧

天才女詩人

殘缺的天才

在英國文學史公認的重要作家與作品中，女性作家鮮少被提及，更遑論得到認同。不過，伊麗莎白・貝瑞・伯朗寧（Elizabeth Barrett Browning, 1806-1861）卻打破了這種男性主宰的邏輯，以及性別歧視的「選擇」。她堪稱女性作家的鼻祖，也是為女性意識奠下基石的代表之一。

伊麗莎白・貝瑞・伯朗寧是英國歷史上廣為人知的早熟詩人。就如維琴尼亞・吳爾芙（Virginia Woolf）所述，伊麗莎白・貝瑞「突然靈光乍現衝到起居室，然後說這兒，我們生活和工作的地方，正是適合詩人的所在」。女性詩人在英國文學史上同樣是希有罕見的，因此她經常受到許多女性作家的讚揚，不論是同時代或後世的作家。在她生前，她的地位甚至還超過其夫婿羅伯・伯朗寧（Robert Browning）。

伊麗莎白還不到八歲時，就對古希臘充滿求知欲望。不久甚至於精通希伯來文、拉丁文，以及許多當時歐洲重要的語言。十三歲時，發表第一部作品《馬拉松戰役》（*The Battle of Marathon*）。十五歲時，這位朝氣蓬勃、前程似錦的女孩，發生了一個不幸的意外，她因墜馬傷了脊椎。伊麗莎白從此半身不遂，但儘管如此，身體的創傷並無損她的天賦。當她與父親移居倫敦，很快就以作品《六翼天使與其他詩篇》（*The Seraphim and Other Poems*）獲得認同與好評。

伊麗莎白受傷這件事，日後成了她終身大事的絆腳石。父親經常以她的身體狀況為由，回絕前來求親的要求。但這個家庭仍然出了一件難以置信的大事，1846年，伊麗莎白於和羅伯・伯朗寧私奔到了義大利。雖然整個家族為之震驚不已，但私奔的消息卻傳遍了全世界，成為勇敢追求愛情的風流佳話。他們倆的婚姻，最後也有宛如童話故事般的結局。

詩中不斷出現的主題

也許是出身背景的緣故，伊麗莎白對英國的中產階級與其價值體系特別地認同。不過，她對儀式化的宗教倒是經常表達負面的觀感，而且對於人與上帝間的關係，也拒絕任何的調解。而她的詩傳達、透露出她對個人主義的關心，個人主義正是受到中產階級強勢的意識形態所支配。她服膺自由主義所有可能的

主張，並且傾全力支持為自由而戰。包括她接納拿破崙以及為協助義大利獨立所付出的心力。當時，她也很關心世界上少數族群的議題，因此曾努力為促進人道利益奔走。照伊麗莎白的看法，改革的動力最好是以既有的體系或社會結構為基礎。

她的詩作最大的特色是「**溫情主義**」。她在詩中表達心情與情感，後世的女性主義者對此大加讚揚，因為她提升了女性在詩歌創作上的能力。她最傑出的作品《奧羅拉·利》（*Aurora Leigh*），是以無韻詩寫成的四百頁長篇故事。雖然現在鮮少被提起，卻是當時非常傑出的作品。這本書裡有許多關於女性意識抬頭的主題，舉例來說，第一卷當中談到的女性教育，就為後世**自由女性主義**（liberal feminism）提供了革命的驅動力。

溫情主義（sentimentalism）

這是英國文學上的一個重要流派，興起於十八世紀的四、五〇年代，強調情感重於思考，感性重於理性，以及人類本身具有的同情心和仁慈重於社會義務。其在文學內容上，多著墨於貧苦或窮農等弱勢人物，批判資本主義和中產階級革命所帶來的不平等。

美感與賞析

欣賞伊麗莎白的詩關鍵就在於，我們必須知道她詩中所洋溢的溫情主義，溫情主義道出她所關心的是對人類的愛，而非對上帝之愛。此外，她收集編纂中產階級的意識形態與個人主義，目的是為了追求愛情，這在英國文壇是很罕見的現象。至於她與夫婿之間的書信，則可看成是不一樣的情詩形式。

選輯緣由

以下詩作皆摘自《葡萄牙十四行詩》（*Sonnets from the Portuguese*）。這幾首詩可以具體的讓我們瞭解，伊麗莎白對於愛情本質的想像。這些詩一方面表現她女性意識的覺醒，以及其個人主義。另一方面也讓我們注意到，這幾首詩裡所隱含的溫情主義有多麼強烈。

15
伊麗莎白·貝瑞·伯朗寧

1_ From Sonnets from the Portuguese

(37) Say over again, and yet once over again,   1
That thou dost love me. Though the word repeated
Should seem "a cuckoo-song," as thou dost treat it,
Remember, never to the hill or plain,
Valley and wood, without her cuckoo-strain[1]   5
Comes the fresh Spring in all her green completed,
Beloved, I, amid the darkness greeted
By a doubtful spirit-voice, in that doubt's pain
Cry, "Speak once more—thou lovest!" Who can fear
Too many stars, though each in heaven shall roll,   10
Too many flowers, though each shall crown the year?
Say thou dost love me, love me, love me—toll[2]
The silver iterance[3]!—only minding, Dear,
To love me also in silence with thy soul.

1 strain [streɪn] (n.) 曲子；旋律
2 toll [toʊl] (v.) 敲鐘通知死訊的動作
3 iterance [ˈɪtərəns] (n.) 重複；反覆

1_ 出自《葡萄牙十四行詩》

再説一遍，請再説一遍，　　　　　　　　　　　　　　　1
説你真的愛我。雖然一遍遍重複
你會把它看成像布穀鳥的鳴唱一樣，
但請牢記，不論是山丘或曠野，
山谷或森林，一旦少了布穀鳥的旋律　　　　　　　　　5
清綠初春就不能算是真正來臨，
被愛的我，四周一片黑暗
在不安的痛苦中，一個懷疑心聲
呼喊著：「再説一遍──你愛我！」
誰會擔憂星星太多，縱使一顆顆在天上轉動，　　　　10
誰會害怕花朵太多，縱使一朵朵訴説著春季的降臨？
説你愛我，你愛我，你愛我──直到喪鐘
聲聲響起！──只要記住，親愛的
在安息中也要用你的靈魂愛我。

這首詩的主題，是以不斷重複「愛」這個主題為出發點，説話者回憶著意象語或
聲音意象，以傳達她對愛的想法。她首先提起布穀鳥的聲聲呼喚，向意中人暗
示著想要得到他的愛。説話者希望在黑暗中，能夠聽到令人為之鼓舞的情話。
接著，她説當天上的星辰旋轉、或代表年復一年的花開花落都在進行著，還有
誰會害怕時間的流逝。最後，説話者仍叨唸地盼望著愛，她的叨唸聽來彷彿反
覆敲擊的喪鐘。不過，她聲稱心上人會愛她的身，也愛她的心。

這首詩是由單純、重複的愛情主題所構成。雖然結構簡單，我們仍然可以感受
到説話者的智慧，她以再平常不過的事情來説出她的愛。這首詩充分表現出對
愛情的期盼是如此純粹、堅持。

2_ From Sonnets from the Portuguese

When our two souls stand up erect and strong,   1
Face to face, silent, drawing nigh and nigher[1],
Until the lengthening wings break into fire
At either curved point,—what bitter wrong
Can the earth do to us, that we should not long   5
Be here contented? Think. In mounting higher,
The angels would press on us and aspire[2]
To drop some golden orb of perfect song
Into our deep, dear silence. Let us stay
Rather on earth, Beloved,—where the unfit   10
Contrarious[3] moods of men recoil[4] away
And isolate pure spirits, and permit
A place to stand and love in for a day,
With darkness and the death-hour rounding it.   14

---

[1] nigh and nigher，即現代英語中的 near and nearer
[2] aspire [ə'spaɪr] (v.) 熱望
[3] contrarious [kən'trɛərɪəs] (a.) 相反的
[4] recoil [rɪ'kɔɪl] (v.) 退縮

2_ 出自《葡萄牙十四行詩》

當你我的靈魂直挺地站立，　　　　　　　　　1
面對著面，平靜地，越靠越近，
直到伸長的翅膀在彎肘處
迸出火花──這個世間
還能帶給我們什麼更大的苦，讓我們不該　　　5
對此長久感到滿足？想想，再往上些，
就有天使熱切地為我們
擲下金色的天籟旋韻
投進我們深沉親密的靜默中。讓你我
相守在人世間，親愛的──此處　　　　　　10
人們的紛紛攘攘消退而去
留下純淨的靈魂，隔出
一片天地，可以在此佇足、相愛一天，
儘管黑暗與死亡在四周環伺。　　　　　　　14

這首詩表達的是，追求永恆愛情的強烈欲望。說話者暗示性地提到想像中的天使，想要藉此將他們的愛情從世俗的層面，提升進入天國的懷抱。然而，說話者卻又放棄了，她將這個失敗和愛情無法延長相比，就好比天使的羽翼也招致他們的不滿。

她放棄了對神聖愛情的追求，相反地，她情願在紅塵之中，追逐人類矛盾的喜怒哀樂。這首詩雖然一開始提到兩個靈魂的意象，但其實表現的是肉體的冒險，而非靈魂的探索。說話者轉而追求世俗之愛，不再恐懼人間變化的威脅。說話者以這個方式，告訴我們要如何讓這世界成為愛的天堂。

3_ From Sonnets from the Portuguese

How do I love thee? Let me count the ways.   1
I love thee to the depth and breadth and height
My soul can reach, when feeling out of sight
For the ends of Being and ideal Grace.
I love thee to the level of everyday's   5
Most quiet need, by sun and candle-light.
I love thee freely, as men strive for Right;
I love thee purely, as they turn from Praise.
I love thee with the passion put to use
In my old griefs, and with my childhood's faith.   10
I love thee with a love I seemed to lose
With my lost saints,—I love thee with the breath,
Smiles, tears, of all my life!—and, if God choose,
I shall but love thee better after death.   14

3_ 出自《葡萄牙十四行詩》

我是如何愛你？讓我逐一細數。　　　　　　　　　　　　1
我愛你至深，至遠，至高
至我靈魂可及處，到達目所不及
的上帝與理想形象的極限。
我愛你，如陽光或燭光下　　　　　　　　　　　　　　5
日常生活中毋須言明的需要，
我自由地愛你，如同人們為人權而奮鬥；
我純潔地愛你，如同人們在讚美前別過臉。
我用熱情愛你，這熱情曾用於
往日的傷痛和孩提時的信仰。　　　　　　　　　　　10
我愛你，這份愛如同我曾有過的
對已逝聖徒的愛——我愛你
用生命裡所有的呼吸，微笑，淚水——而且，若上帝允許，
我死後還要更加愛你！　　　　　　　　　　　　　　14

這首詩裡的聲音是一位女性，她細數她愛心上人的方式，試著解答一個自己提
出的疑問，「How do I love thee?」。這首詩是以她說明自己的情感與想法為
基礎，她聲稱她的愛是沒有界限的，可以超越時空的限制，甚至於不受上帝
的管轄，也違反了完美的、想像的優雅。接著，她說她的愛就像是每天不可或
缺、由太陽和蠟燭所發出的「光」。從這個隱喻可以看出，這位女性希望無所
不在地充滿心上人的生活。

緊接著，她把追求愛情比作人們爭取人權。她希望她的愛是純粹、鼓舞人心
的，就像兒時的傷心事或信仰。然後她將她的愛昇華，視為她在宗教裡失去的
信仰。最後，她希望愛她的心上人，而這份愛會永恆、無止境地延續下去，超
越人類的極限。

羅伯・伯朗寧（Robert Browning, 1812-1889）

16

Robert Browning

Poet of Dramatic Monologue

羅伯 · 伯朗寧

戲 劇 獨 白 體 詩 人

革新詩句用語的試驗

繼渥茲華斯之後，羅伯・伯朗寧（Robert Browning, 1812-1889）堪稱另一位投入改革詩句用語的文壇要角，他也常被稱為繼莎士比亞以來最會創造人物的作家。此外，他為**抒情詩**開啟了另一個方向，不再侷限於強調個人及主觀的情感表達，而是將作者與說話者區隔開，以便客觀的觀察。這項創舉有助於探索人類深層的心理狀態，並且為後世注重客觀敘述事實的**現代主義**，鋪陳了一條前進的道路。

在史上，鮮少有夫妻兩人同為傑出詩人，而妻子的聲望蓋過先生的更是少之又少。伊麗莎白・伯朗寧即是受到矚目又享有盛名的詩人，相較之下，羅伯・伯朗寧的名聲就僅侷限在某些文人圈子。不過伯朗寧豐富的詩歌創作並沒有被忽視或遺忘，原因是他用**「戲劇獨白」**（dramatic monologue）來寫詩的試驗。

伯朗寧希望藉由戲劇獨白為觀察提供客觀性，以取代過度的主觀表達。根據伯朗寧的說法，戲劇獨白的結構基礎是利用一個虛構的說話者，來區隔作者與詩中的人物。雖然這個形式稱為戲劇獨白，但並不遵守戲劇規則。伯朗寧使用戲劇獨白體，成功地把自己和詩本身區隔開來，使讀者得以洞悉詩中人物的心理狀態。回憶謀殺案之類的主題，例如「為愛失去一切」（all lost for love），就常見於其詩作之中。

開始讀伯朗寧的詩之前，有兩件事要注意：一，表面上清楚明白的文字，看似要告訴我們所有的「真相」；二，必須把散落在敘述當中隱晦不明的文字，拼湊起來，這些內容有可能產生另一個「真相」。通常，後者才是伯朗寧構思中的真相。

早年生活

伯朗寧的一生可分成三個階段：童年與單身時期、婚姻生活及喪偶之後。在試圖解決人與上帝之間的宗教問題上，伯朗寧也有不容小覷的地位。雖然他認為上帝創造了一個不完美的世界，但仍堅信人的靈魂自可找出一個與上帝的共處之道。他主張，只有在道德上無缺失的人，才能理解宇宙完美特質的真諦。

他的婚姻成為眾所周知的事情，是因為他與伊麗莎白·伯朗寧是私奔出走的。他們在義大利落腳，並在當地居住了十四年。 1861 年，伯朗寧的妻子在佛羅倫斯過世，於是他回到倫敦展開新生活。喪妻之後，伯朗寧曾想續絃，但並沒有結果。

受冷落的天才

伯朗寧嘗試革新當時的詩句用語，到了二十世紀，他的詩吸引很多詩人的目光，如美國作家 Ezra Pound（1885-1972）就稱他為最偉大的藝術家，他甚至被視為繼狄更斯和莎士比亞之後，最會創造角色人物的人。他之所以著重人物的細節描述，要歸因於一個失敗的作品 Pauline，以及他從觀察人得來的樂趣，特別是觀察人的心靈變化。伯朗寧提升抒情詩的深度，其貢獻可與亨利·詹姆斯（Henry James, 1843-1916）之於小說媲美。

美感與賞析

伯朗寧在美學上的成就，在於他將詩歌主觀的敘述方式加以改革。他改採「戲劇獨白」，把自己和說話者的距離拉開。因此讀者必須將詩裡的線索拼湊起來，自行揭開詩人所暗示的意義。詩人與敘述者之間的距離，一方面讓詩中意涵晦暗不明，另一方面也讓讀者的預期懸宕未解。因此，欣賞其作品的關鍵就在於，要認出他在表面上明顯的敘述，與隱含暗示的晦澀內容之間所精心安排的距離。看伯朗寧的作品，常會發現他筆下人物的陳述方式，和美國詩人及小說家愛倫坡（Edgar Allen Poe, 1809-1849）偵探故事中人物的自白，頗有相似之處。

選輯緣由

本章選輯的目的，主要是為了讓讀者具體了解，伯朗寧對人的心理狀態和獨白方面所作的試驗。這些詩表現出人心具破壞性的一面，同時也暴露人的忌妒心，而這兩者都為如何看待愛情提供了不一樣的角度，並且帶出了自白是以自身利益為出發點的質疑。

1_ Porphyria's Lover

The rain set early in tonight,   1
    The sullen wind was soon awake,
It tore the elm-tops down for spite[1],
    And did its worst to vex[2] the lake:
    I listened with heart fit to break.   5
When glided in Porphyria; straight
    She shut the cold out and the storm,
And kneeled and made the cheerless grate[3]
    Blaze up, and all the cottage warm;
    Which done, she rose, and from her form   10
Withdrew the dripping cloak and shawl[4],
    And laid her soiled[5] gloves by, untied
Her hat and let the damp hair fall,
    And, last, she sat down by my side
    And called me. When no voice replied,   15
She put my arm about her waist,
    And made her smooth white shoulder bare,
And all her yellow hair displaced,
    And, stooping[6], made my cheek lie there,
    And spread, o'er all, her yellow hair,   20

---

1 spite [spaɪt] (n.) 仇恨；怨恨
2 vex [veks] (v.)〔書〕使動蕩；使洶湧
3 grate [greɪt] (n.) 鐵格柵
4 shawl [ʃɑːl] (n.) 婦女用的方形披巾
5 soiled [sɔɪld] (a.) 弄髒的
6 stooping ['stuːpɪŋ] (a.) 腰背彎曲的

1_ 波菲莉雅的愛人

今晚雨水早早落下，   1
　　陰沉的風旋即甦醒，
憤怒地將榆木吹倒，
　　恣意地翻攪湖水：
　　我留神聽著氣候的驟變。   5
當波菲莉雅悄悄走進來；霎時
　　她把寒冷和暴風雨關在門外，
她跪在地上，為陰冷的火爐
　　點燃火苗，溫暖了整個屋子；
　　之後，她站起身子，從身上   10
脫下滴水的斗篷與披肩，
　　將弄髒了的手套放在一旁，
解開帽子，放下了濕濕的秀髮，
　　最後，她坐在我身旁
　　叫喚著我。但我沒有應聲，   15
她將我的手臂環住她腰際，
　　露出她細滑白皙的肩膀，
挪了挪她一頭的金黃色秀髮，
　　她彎下身子，讓我的臉貼著她，
　　金黃色的髮絲披落四處，   20

Murmuring how she loved me—she
    Too weak, for all her heart's endeavor,
To set its struggling passion free
    From pride, and vainer[7] ties dissever[8],
    And give herself to me forever.   25
But passion sometimes would prevail,
    Nor could tonight's gay feast restrain
A sudden thought of one so pale
    For love of her, and all in vain:
    So, she was come through wind and rain.   30
Be sure I looked up at her eyes
    Happy and proud; at last I knew
Porphyria worshiped me: surprise
    Made my heart swell, and still it grew
    While I debated what to do.   35
That moment she was mine, mine, fair,
    Perfectly pure and good: I found
A thing to do, and all her hair
    In one long yellow string I wound
    Three times her little throat around,   40
And strangled her. No pain felt she;
    I am quite sure she felt no pain.
As a shut bud that holds a bee,
    I warily[9] oped her lids: again
    Laughed the blue eyes without a stain.   45

---

7 vain [veɪn] (a.) 自負的（比較級 vainer）
8 dissever [di'sevər] (v.) 分開
9 warily ['wɛrili] (adv.) 小心地；警覺地

她低聲訴說她是如何愛我──她
　　是如此脆弱，一心一意努力地
要解放她掙扎的情愛
　　擺脫驕傲，掙斷虛榮，
　　將她自己永遠地交給我。　　　　　　　　25
但有時，激情凌駕一切，
　　今夜的歡愉，也無法遏阻
如此弱女子一個突來的想法
　　她的愛意，一切徒勞：
　　於是她穿過風雨前來。　　　　　　　　　30
我凝望著她的雙眸
　　眼裡透出幸福且自豪；終於我明白
波菲莉雅愛慕著我：這份驚喜
　　讓我的心洋溢著滿足，我心情一直高漲著
　　當我在思索該如何回應時。　　　　　　　35
那一刻她屬於我，我的美人兒，
　　完美無瑕：我想到了
一件可以做的事，我把她的秀髮
　　捲成長長的一縷金黃色的線
　　往她纖瘦的頸項纏繞了三圈，　　　　　　40
然後勒斃了她。她沒有感到痛苦；
　　我很確定她毫無痛楚。
就像閉起的花苞裏住了一隻蜜蜂，
　　我小心翼翼地撥開她的眼瞼：又是那雙
　　含笑的碧藍雙眼，晶瑩剔透。　　　　　　45

And I untightened next the tress[10]
    About her neck; her cheek once more
Blushed bright beneath my burning kiss:
    I propped[11] her head up as before
    Only, this time my shoulder bore   50
Her head, which droops[12] upon it still:
    The smiling rosy little head,
So glad it has its utmost will,
    That all it scorned at once is fled,
    And I, its love, am gained instead!   55
Porphyria's love: she guessed not how
    Her darling one wish would be heard.
And thus we sit together now,
    And all night long we have not stirred,
    And yet God has not said a word!   60

10 tress [tres] (n.) 一綹頭髮；髮辮
11 prop [prɑ:p] (v.) 支撐
12 droop [dru:p] (v.) 低垂

接著，我解開纏繞在她脖子上
　　的髮辮；她的臉頰，又一次
在我狂烈的親吻下，變得緋紅且容光煥發：
　　我和過去一樣扶起她的頭
　　只不過這一次我要用肩膀加以支撐　　　　　　50
她的頭靜靜地垂在我的肩上：
　　這顆如含笑玫瑰的小巧頭兒，
很開心自己達到了最終的願望，
　　曾經鄙視的一切，頓時都消散了，
　　而我，她的摯愛，被她擁有了！　　　　　　55
波菲莉雅的愛：她猜不到
　　她所愛的人是何等希望被了解。
如今，我們如此地同肩並坐，
　　整晚都不會被打擾，
　　上帝也未發一語！　　　　　　　　　　　　60

在這首詩中，伯朗寧探索人深層的心理狀態，尤其是變態與陰暗的一面。主題結構是維多利亞時代的基調——「為愛失去一切」（All lost for love.）。一開始，劇情就染上懸疑和哀傷的氣氛，波菲莉雅來找說話者，儘管她再三強調自己對說話者的愛，但說話者由於猜忌懷疑，用她的長髮親手將她勒斃。接著，他鉅細靡遺地述說著處理波菲莉雅的經過，讓人感受到說話者變態行徑的駭人恐怖，他已完全喪失理智。最後，說話者說出連波菲莉雅都不知情的願望，那就是他希望波菲莉雅死去，並且永遠佔有她。

情詩的特點在於愛情的意象或辭令，但有別於一般情詩，這首詩帶我們進入人類心靈中未知的部分，揭露人性矛盾與猜疑的一面，而在過去的情詩中，人性的矛盾和猜疑都被昇華成純潔與高尚的。儘管聽來匪夷所思，但這首詩為我們對愛情的想像，勾勒出一幅全然不同的樣貌。

2_ My Last Duchess

That's my last Duchess painted on the wall,   1
Looking as if she were alive. I call
That piece a wonder, now: Frà Pandolf's[1] hands
Worked busily a day, and there she stands.
Will't please you sit and look at her? I said   5
"Frà Pandolf" by design, for never read
Strangers like you that pictured countenance[2],
The depth and passion of its earnest glance,
But to myself they turned (since none puts by
The curtain I have drawn for you, but I)   10
And seemed as they would ask me, if they durst[3],
How such a glance came there; so, not the first
Are you to turn and ask thus. Sir, 'twas not
Her husband's presence only, called that spot
Of joy into the Duchess' cheek: perhaps   15
Frà Pandolf chanced to say, "Her mantle laps
Over my lady's wrist too much," or "Paint
Must never hope to reproduce the faint
Half-flush that dies along her throat": such stuff
Was courtesy, she thought, and cause enough   20

---

1 Frà Pandolf，詩中虛構的畫家
2 countenance [ˈkaʊntɪnəns] (n.) 面容；臉色
3 durst [dɜːrst] 〔古〕dare（膽敢）的過去式

2_ 我的前任公爵夫人

Ferrara

牆上畫的是我已故的公爵夫人，　　　　　　　　1
看起來就像活著的人一樣。我稱它是
今日的一樁奇蹟：潘道夫大師的雙手
忙碌地揮動了一天後，她就佇立在此。
你是否願意坐下來看看她？我刻意提起　　　　　5
「潘道夫」，是因為像你這樣的陌生訪客
在看到畫裡的容顏時，
看到那雙深邃熱切的眼神時，
都會轉身望向我（因為敝人是那個
唯一會為你拉開畫像帘幕的人）　　　　　　　10
一副想問又不太敢問的樣子：
怎麼會有這樣的眼神？你並不是
第一個這樣轉身問我的人！先生，並非只是
因為她的丈夫隨侍在側，
讓她笑逐顏開：也可能是　　　　　　　　　　15
潘道夫在說出：「我這位夫人的手腕
被披肩掩蓋住太多了，」或是說「顏料
永遠畫不出她喉嚨處
的淡淡紅暈」，諸如此類的話
她把它當做是恭維話，但也足以　　　　　　　20

For calling up that spot of joy. She had
A heart—how shall I say?—too soon made glad,
Too easily impressed: she liked whate'er
She looked on, and her looks went everywhere.
Sir, 'twas all one! My favor at her breast,   25
The dropping of the daylight in the West,
The bough of cherries some officious[4] fool
Broke in the orchard for her, the white mule
She rode with round the terrace[5]—all and each
Would draw from her alike the approving speech,   30
Or blush, at least. She thanked men,—good! but thanked
Somehow—I know not how—as if she ranked
My gift of a nine-hundred-years-old name
With anybody's gift. Who'd stoop to blame
This sort of trifling? Even had you skill   35
In speech—(which I have not)—to make your will
Quite clear to such an one, and say, "Just this
Or that in you disgusts me; here you miss,
Or there exceed the mark"—and if she let
Herself be lessoned so, nor plainly set   40
Her wits to yours, forsooth[6], and made excuse
—E'en then would be some stooping; and I choose
Never to stoop. Oh sir, she smiled, no doubt,
Whene'er I passed her; but who passed without
Much the same smile? This grew; I gave commands;   45
Then all smiles stopped together. There she stands

4 officious [ə'fɪʃəs] (a.) 過分殷勤的
5 terrace ['terəs] (n.) 庭院中的露臺；平臺屋頂
6 forsooth [fər'suːθ] (adv.) 〔舊〕的確；當然

討她歡心。她有一顆
——該如何說？——易於討好的心，
過於容易有所感受：她看到什麼都喜歡，
偏偏她的目光總往四處游移。
先生，她對什麼都一樣！我送的那個   25
掛在她胸前的禮物；西邊天際上落日的餘暉；
某個殷勤的傻瓜為她闖進果園，
所送上的一整枝櫻桃；或是她騎著
繞行庭院的那隻白騾——這所有的一切
都會讓她說出相同的讚美詞，   30
或者至少都會讓她羞紅臉！她懂得感激人們——
這是好事！但不知怎地——怎會這樣——
她彷彿把我送的貴重禮物和任何人送的禮物
一視同仁。誰願意這樣沒肚量地去計較
這些芝麻小事？就算你能言善道   35
——（敝人並非如此）——能對此清楚地表達
自己的想法，說著：「你就是這點啊，
那點啊，讓我很討厭；你就是這一點還做不夠啊，
那一點做得太超過了啊」——如果她
聽從這樣的教訓，既不做絲毫辯解   40
也不找藉口
——那這樣也會讓我有失身分；而我，選擇
決不失態。喔，先生，每當我走過她時，
她必然都會微笑；但又有誰走過
而她不投以同樣的笑容的呢？這種情況持續發生著；   45
我便下了命令；之後，制止了所有的笑容。她站在那裡，

As if alive. Will't please you rise? We'll meet
The company below, then. I repeat,
The Count your master's known munificence[7]
Is ample warrant that no just pretence   50
Of mine for dowry[8] will be disallowed;
Though his fair daughter's self, as I avowed
At starting, is my object. Nay, we'll go
Together down, sir. Notice Neptune[9], though,
Taming a sea horse, thought a rarity,   55
Which Claus of Innsbruck[10] cast in bronze for me!

宛如真人。能否勞煩你起身了？
我們接下來要見樓下的客人。我再講一遍，
你的主人，伯爵先生，大家都知道他很慷慨
所以不管我提出多少的嫁妝，   50
擔保都不會遭到拒絕；
雖然他美麗的女兒，一如我開始所說的
才是我追求的目標。別客氣，先生，
我們一齊下樓吧。不過，看看這
海神馴服海洋馬匹的珍貴收藏，
這是雕刻大師為我打造的青銅雕像！   55

7　munificence [mjuːˈnɪfɪsəns] (n.) 寬宏大量
8　dowry [ˈdaʊri] (n.) 嫁妝
9　Neptune [ˈneptuːn] (n.) 〔羅馬神話〕海神
10　Claus of Innsbruck，一個專精雕刻的虛構人物

本詩和前一首詩都是所謂的戲劇獨白，強調客觀的觀察和敘述，以取代詩人的主觀表達。這首詩的主題是一個公爵自述，回憶著亡妻。故事說話者是義大利的 Ferrara 公爵 Alfonso，妻子於 1561 年，也就是婚後三年過世。鰥居的公爵想續絃，他透過人居間安排，希望娶 Tyrol 伯爵的姪女為妻。在這首詩裡，伯朗寧以戲劇獨白的方式帶出這個故事，以便藉由一個虛構人物的觀察道出客觀的真相。

詩一開始，公爵凝視著牆上妻子栩栩如生的畫像，鉅細靡遺地描述妻子的畫像，彷彿是真人般有血有肉，從這些描述中，可以看出公爵對妻子狂熱的愛戀。而他放置畫像的地方，也成為他寄託歡愉的所在。接著，我們發現公爵是一個忌妒心強的丈夫，從字裡行間可以看出，他對妻子的行為深為不滿，這些種種的跡象把劇情引到高潮，亦即，正是公爵「下令」終結妻子的笑容。

在這種晦暗不明又出人意表的暗示之後，公爵僅要求他的媒人繼續去和女方商量嫁妝。我們在這兒發現，公爵不只是善妒的丈夫，而且又喜歡炫耀自己的掌控權力。最後，公爵聲稱誰也不能阻擋他得到他想要的，即使貴為統馭海馬的海神，也是如此，因為虛構的雕刻家會為他打造一尊！

伯朗寧運用公爵這個虛構的人物，表現人類面對愛情時的變態心理狀態。人類想要支配另一半的欲望被攤在陽光下，忌妒、猜疑對精神所造成的影響，也清楚地呈現出來。而不同於一般的抒情詩，伯朗寧這兩首詩引領我們去更深入了解人類的心靈。

艾佛瑞・丁尼生（Alfred Tennyson, 1809-1892）

17

Alfred Tennyson

Poet Laureate of Victorian Age

艾佛瑞‧丁尼生

維多利亞時代之桂冠詩人

257

不朽的民族詩人

艾佛瑞‧丁尼生（Alfred Tennyson, 1809-1892）堪稱維多利亞時代最偉大的民族詩人。丁尼生之所以被定義為民族詩人（national bard），是因為他常使用象徵符號，來拼湊出國家想像（national imaginary）。對國家的愛以及傳播民族主義這類的主題，在他的詩裡隨處可見。後世某些評論家對丁尼生有所批判，因為他對大英帝國的侵略擴張和殖民暴力行為極力歌頌並粉飾太平；但儘管如此，仍絲毫不減他在英國文學上的貢獻。

美國作家愛默生（Ralph Waldo Emerson）曾說過，一個國家的建立需要三種人：一是描繪傳統的哲學家，二是全力實踐完美國家理想的行動家，最後則是歌頌祖國的民族詩人。丁尼生就屬於最後一類，他以詩來表達愛國的心。

在宣揚民族主義方面，他使用了許多象徵符號和典故。在他的名詩〈鷹〉（The Eagle）當中，老鷹的象徵就符合大英帝國的圖騰表徵。〈鷹〉這首詩描寫一隻翱翔天際擒捕獵物的老鷹，暗示大英帝國正蓄勢待發，準備征服全世界。而說到典故，像希臘神話中的「尤里西斯」這類的文學人物，就出現在他的〈尤里西斯〉（Ulysses）當中。這首詩生動地描述年老的國王不願安享天年，反而踏上征服之旅。這些詩傳達出強烈的愛國意識，以及對國家不論是版圖或文化擴張的支持。

Ralph Waldo Emerson
(1803-1882)

美國詩人和散文作家。其在哲學上是超驗主義者，在宗教上是理性主義者，而在精神上則是個人主義的勇敢鼓吹者。

邁向桂冠之路

丁尼生可以說是當年最受歡迎的詩人，一方面是因為他對愛國展現的熱情，再者他在詩歌用語上所作的試驗，也是一大原因。丁尼生在童年時代喜歡和兄弟姊妹玩扮演亞瑟王宮廷騎士的遊戲。他早在六歲時，就立志成為一名詩人。他

藉閱讀培養自己的才華，拜讀了密爾頓、拜倫和伊麗莎白時代劇作家等的作品。

「桂冠詩人」是由英國君主任命的職位，負有執行王室活動和全國詩文寫作活動的責任。第一屆桂冠詩人是德萊頓（John Dryden），擔任時間為 1668-1688。1850 年，他接下渥茲華斯的頭銜，獲得桂冠詩人的殊榮。丁尼生任桂冠詩人期間，此職位聲望較高。

美感與賞析

丁尼生所作的情境試驗，以及如何用情境，來表達詩人內心深處的聲音，這是欣賞丁尼生的詩可以觀察的重點。

此外，身為一位民族詩人，他花費許多心思在國家故事或史實上，如尤里西斯、食蓮者（Lotus-eater），藉以拼湊出對國家的想像。在他對日常生活的描述中常出現對國家的想像，而這些敘述則散發著「民族主義」的氣味，從以下選輯的「十四行詩」就可以看出。我們在丁尼生的詩裡，可以深深感受到美學與政治（國家）之間的一股連結，而這也成為閱讀丁尼生的詩不容忽視之處。

> ### 食蓮族（Lotus Eaters）
>
> 在古希臘神話中，食蓮者是一個民族，居住在靠近北非的一座島上，島上的蓮子和蓮花是主要食物，但其有麻醉效果，會令吃食的人陷入深沉的睡眠中。

選輯緣由

雖然對國家的想像，不斷出現在丁尼生的詩中，但從他的詩也可明顯看出，他亦醉心於浪漫主義情詩。本章選輯的詩，如〈瑪莉安娜〉（Mariana），就有助讀者明白丁尼生讓氣氛代替詩人說話的做法。儘管受到浪漫主義抒情詩體的影響，從以下幾首詩，也可看出他與前代浪漫詩人的不同，同時也展現出他的特色。詩中呈現的是，詩人如何透過描寫外在景物來傳達情感，而非平舖直述地說出來。

1_ Mariana

With blackest moss the flower-plots   1
    Were thickly crusted, one and all:
The rusted nails fell from the knots
    That held the pear to the gable-wall.
The broken sheds look'd sad and strange: 5
    Unlifted was the clinking latch;
    Weeded and worn the ancient thatch[1]
Upon the lonely moated[2] grange[3].
    She only said, "My life is dreary,
        He cometh not," she said;   10
    She said, 'I am aweary[4], aweary,
        I would that I were dead!'

Her tears fell with the dews at even;
    Her tears fell ere[5] the dews were dried;
She could not look on the sweet heaven,   15
    Either at morn[6] or eventide[7].
After the flitting[8] of the bats,
    When thickest dark did trance[9] the sky,
    She drew her casement[10]-curtain by,
And glanced athwart[11] the glooming flats.   20
    She only said, "The night is dreary,
        He cometh not," she said;
    She said, "I am aweary, aweary,
        I would that I were dead!"

1_ 瑪莉安娜

花圃上的每一處　　　　　　　　　1
　　都覆蓋著厚厚的黑色青苔：
生鏽的鐵釘從山牆上
　　掛著梨子的結繩上落下。
殘破的棚屋顯得悲涼：　　　　　　5
　　叮噹作聲的門栓無法被拉起來；
　　破落老舊、長著雜草的茅草屋頂
在四周環著深溝的荒涼農場上。
　　她只是說：「我的人生如此淒涼，
　　　　他總是不來。」她說；　　10
　　她說：「我累了，累了，
　　　　但願我已經死去了！」

她的淚水與黃昏的露珠一起落下；
　　當露水已乾，她仍在落淚；
她無法望向美好的天堂，　　　　　15
　　無論是在清晨或黃昏。
當蝙蝠飛過，
　　當天空夜幕低垂，
　　她拉開窗簾，
環視了一下陰暗的沼地。　　　　　20
　　她只是說：「夜晚如此淒涼，
　　　　他總是不來。」她說
　　她說：「我累了，累了，
　　　　但願我已經死去了！」

1　thatch [θætʃ] (n.) 茅草屋頂
2　moated ['moutɪd] (a.)
　　周圍有深溝的穀倉
3　grange [greɪndʒ] (n.) 農場
4　aweary [ə'wɪəri] (a.)
　　〔古〕〔文〕疲倦的
5　ere [er] (prep.) 在……以前
6　morn [mɔːrn] (n.) 〔文〕早晨
7　eventide ['iːvəntaɪd] (n.)
　　〔文〕黃昏
8　flit [flɪt] (v.) 輕快地飛
9　trance [træns] (v.) 使昏睡；使恍惚
10　casement ['keɪsmənt] (n.)
　　豎鉸鏈窗；窗扉
11　athwart [ə'θwɔːrt] (prep.) 橫跨

Upon the middle of the night,   25
   Waking she heard the night-fowl crow:
The cock sung out an hour ere light:
   From the dark fen the oxen's low
Came to her: without hope of change,
   In sleep she seem'd to walk forlorn[12],   30
   Till cold winds woke the gray-eyed morn
About the lonely moated grange.
   She only said, "The day is dreary,
      He cometh not," she said;
   She said, "I am aweary, aweary,   35
      I would that I were dead!"

About a stone-cast from the wall
   A sluice[13] with blacken'd waters slept,
And o'er it many, round and small,
   The cluster'd marish[14]-mosses crept.   40
Hard by a poplar[15] shook alway,
   All silver-green with gnarled[16] bark:
   For leagues no other tree did mark
The level waste, the rounding gray.
   She only said, "My life is dreary,   45
      He cometh not," she said;
   She said, "I am aweary, aweary,
      I would that I were dead!"

子夜時分，
　　她聽到夜鷹醒來的噪叫聲：
公雞在天亮前一小時啼叫：
　　黑暗的沼澤地那裡的牛叫聲
傳到她這裡：不懷改變的希望，
　　她在睡夢中孤單單地行走著，
　　直到寒風吹醒惺忪睡眼的早晨
在四周環著深溝的荒涼農場上。
　　她只是説：「白天如此淒涼，
　　　　他總是不來。」她説
　　她説：「我累了，累了，
　　　　但願我已經死去了！」

在牆外投石可及的不遠處
　　死寂的黑水中有一道水閘，
水面上漂浮著一簇簇
　　小小圓圓的沼澤青苔。
一株搖曳的白楊木，更添蒼涼，
　　整片整片長著節瘤的銀綠色樹皮：
　　四周幾里內看不到其他的樹
更顯得一片荒涼陰鬱。
　　她只是説：「我的人生如此淒涼，
　　　　他總是不來。」她説；
　　她説：「我累了，累了，
　　　　但願我已經死去了！」

12　forlorn [fərˈlɔːrn] (a.)〔文〕孤獨的
13　sluice [sluːs] (n.) 水閘；閘溝
14　marish [ˈmæriʃ] (n.)〔古〕〔詩〕〔方〕沼澤
15　poplar [ˈpɑːplər] (n.) 白楊木
16　gnarled [nɑːrld] (a.) 多瘤的；多節的

17

艾佛瑞‧丁尼生

263

And ever when the moon was low,
    And the shrill winds were up and away,   50
In the white curtain, to and fro,
    She saw the gusty shadow sway.
But when the moon was very low,
    And wild winds bound within their cell,
    The shadow of the poplar fell   55
Upon her bed, across her brow.
    She only said, "The night is dreary,
        He cometh not," she said;
    She said, "I am aweary, aweary,
        I would that I were dead!"   60

All day within the dreamy house,
    The doors upon their hinges creak'd;
The blue fly sung in the pane; the mouse
    Behind the mouldering wainscot shriek'd,
Or from the crevice peer'd about.   65
    Old faces glimmer'd thro' the doors,
    Old footsteps trod the upper floors,
Old voices call'd her from without.
    She only said, "My life is dreary,
    He cometh not," she said;   70
    She said, "I am aweary, aweary,
    I would that I were dead!"

每當月亮低垂，
　　刺耳的風聲呼嘯而過，　　　　50
她會在白色窗簾上，看到
　　風的影子來來回回來搖曳著。
當月亮墜得更低時，
　　狂風被困在小角落裡
　　白楊木的樹影　　　　　　　　55
落在她的床前，橫過她的額間。
　　她只是說：「黑夜如此淒涼，
　　　　他總是不來。」她說；
　她說：「我累了，累了，
　　　　但願我已經死去了！」　　60

整日待在多夢的屋子裡，
　　門上的絞鍊吱嘎吱嘎作響；
藍色的飛蠅在窗櫺間鳴叫；老鼠
　　在腐朽的牆板後吱吱叫，
或從牆板縫隙中往外窺伺。　　　65
　　舊面孔在門口進進出出，
　　熟悉的腳步聲在走上樓，
熟悉的聲音從外面呼喚她。
　　她只是說：「我的人生如此淒涼，
　　　　他總是不來。」她說；　　70
　她說：「我累了，累了，
　　　　但願我已經死去了！」

The sparrow's chirrup on the roof,
　　The slow clock ticking, and the sound
Which to the wooing wind aloof　　　　　　　　75
　　The poplar made, did all confound
Her sense; but most she loathed the hour
　　When the thick-moted sunbeam lay
　　Athwart the chambers, and the day
Was sloping toward his western bower.　　　　80
　　Then, said she, "I am very dreary,
　　　　He will not come," she said;
　　She wept, "I am aweary, aweary,
　　　　O God, that I were dead!"

麻雀在屋頂上吱吱喳喳，
　　走慢了的時鐘滴滴答答，白楊木
對追逐在身後的風　　　　　　　　　　　　　75
　　發出冷漠的聲音，一切都讓她
思緒紛擾；但她最痛恨的時刻
　　是帶滿塵埃的陽光
　　　　斜照在房間裡，而白晝
往他西邊的臥室傾身而去。　　　　　　　　　80
　　接著她說：「我如此淒涼，
　　　　他總是不來。」她說；
　　她哭道：「我累了，累了，
　　　　喔，天呀，我已經死去了！」

這首詩取材自莎士比亞《一報還一報》（*Measure for Measure*）當中，
Angelo 遺棄 Mariana 的故事。對丁尼生來說，本詩是一場氣氛的實驗，詩
中巧妙地營造出林肯郡鄉間沼澤地淤塞凝滯的感覺。我們可以看出，丁尼生
試圖說明要如何利用外在的形勢，具體地呈現一個人的情感。

詩中營造出一種哥德式傳奇文學的氛圍，哥德式傳奇文學往往是以荒涼、陳
舊的景象為背景。情緒低落的瑪莉安娜，情願自己死了，而不是活在這世
上。這首詩在表現瑪莉安娜的內心與外在世界交互影響的狀況，雖然丁尼生
只運用疊句這個簡單的技巧，但他尖銳又鮮活地刻畫出瑪莉安娜心境的變化。

2_ Sonnet

(43) She took the dappled[1] partridge[2] flecked[3] with blood,   1
  And in her hand the drooping pheasant[4] bare,
  And by his feet she held the woolly hare,
And like a master painting where she stood,
Looked some new goddess of an English wood.   5
  Nor could I find an imperfection there,
  Nor blame the wanton[5] act that showed so fair—
To me whatever freak she plays is good.
Hers is the fairest Life that breathes with breath,
  And their still plumes[6] and azure[7] eyelids closed   10
    Made quiet Death so beautiful to see
That Death lent grace to Life and Life to Death
  And in one image Life and Death reposed[8],
    To make my love an Immortality.   14

---

1 dappled ['dæpəld] (a.) 斑紋的
2 partridge ['pɑːrtrɪdʒ] (n.) 鷓鴣
3 fleck [flɛk] (v.) 飾以斑點
4 pheasant ['fɛzənt] (n.) 野雞；雉
5 wanton ['wɑːntən] (a.) 肆無忌憚的
6 plume [pluːm] (n.) 羽毛
7 azure ['æʒər] (a.) 蔚藍的
8 repose [rɪ'pouz] (v.) 休息

2_ 十四行詩

她抓起了一隻血跡斑斑的斑紋鷓鴣，   1
    手中握著垂頭喪氣、拔了毛的野雉，
    在他腳邊抓起了毛茸茸的野兔，
她彷彿畫家般，正在畫出自己所在的地方，
她看起來有點像是英國某座樹林裡的新女神。   5
    我在那裡找不到什麼瑕疵，
    也無法責怪那看來沒什麼不妥的恣意行為——
在我眼裡，她的什麼怪誕行為都顯得美好。
她的生命是最美好的，呼吸著生命的氣息，
    而牠們的生命，羽翼靜靜地不動，閉著藍色的眼瞼   10
      讓寧靜的死亡看起來如此美麗
死亡給予生命優雅，生命也給予死亡優雅
    生命與死亡在同一幕中歇息，
      讓我的愛變得不朽。   14

這可說是一首表達對國家之愛的詩。詩中的婦人被比喻成英國的森林女神，對丁尼生來說，婦人的每個舉止或手勢，都符合令人對國家日益熱愛的美麗象徵。甚至連死亡也成為一種愛的形象，因為國家能與過去或未來相容共處，是一座死亡與生命的大熔爐。

3_ Tears, Idle Tears

Tears, idle tears, I know not what they mean, 1
Tears from the depth of some divine despair
Rise in the heart, and gather to the eyes,
In looking on the happy autumn-fields,
And thinking of the days that are no more. 5

Fresh as the first beam glittering on a sail,
That brings our friends up from the underworld,
Sad as the last which reddens over one
That sinks with all we love below the verge;
So sad, so fresh, the days that are no more. 10

Ah, sad and strange as in dark summer dawns
The earliest pipe of half-awakened birds
To dying ears, when unto dying eyes
The casement slowly grows a glimmering square;
So sad, so strange, the days that are no more. 15

Dear as remembered kisses after death,
And sweet as those by hopeless fancy feigned[1]
On lips that are for others; deep as love,
Deep as first love, and wild with all regret;
O Death in Life, the days that are no more! 20

| 1 feign [feɪn] (v.) 〔文〕裝作；假裝

3_ 淚，無意義的眼淚

　　　　眼淚，無意義的眼淚，我不明白它們的意義，　　　　　　　1
從深刻的神聖絕望中迸出的淚水
從心底湧起，積聚在眼裡，
望著一片豐收的秋季田地，
想著一去不回的往日時光。　　　　　　　　　　　　　　　　5

　　　　清新如灑在船帆的第一道曙光，
將好友從陰間帶上來，
悲傷如染紅船帆的最後一道餘暉
帶著我們深愛的人一同西沉；
如此悲傷，如此清新，一去不回的往日時光。　　　　　10

　　　　啊，傷懷又生疏，猶如在漆黑的夏日拂曉時分裡
半睡半醒鳥兒的第一聲啼叫
傳入垂死的耳朵裡，從窗戶緩緩射進的微光
落在垂死的眼睛上；
如此悲傷，如此生疏，一去不回的往日時光。　　　　15

　　　　親愛如記憶中的死後之吻，
甜蜜如絕望時的假想
親吻的是你的唇；如愛情般的深刻，
如初戀般的強烈，激動得如悔恨著一切；
啊！生命裡的死亡，一去不回的往日時光！　　　　　20

根據丁尼生的告白，這首詩是他在一個蕭瑟的秋日造訪教堂時有感而發的作品，是他用來追憶亡友哈蘭姆之作。這首詩的焦點放在對「無意義的眼淚」（idle tears）的疑問上，丁尼生運用追溯的敘述法，表現他對亡友哈蘭姆深摯的感情。

威廉‧巴特‧葉慈（William Butler Yeats, 1865-1939）

18

William Butler Yeats

Irish Poet

威廉·巴特·葉慈

愛爾蘭詩人

塞爾特文藝復興（Celtic Renaissance）萌發於二十世紀最初的二十五年，是愛爾蘭重建民族文化的運動，常被稱為**愛爾蘭文學復興**（Irish Literary Renaissance）。這個運動尋求愛爾蘭的神話與民間傳說，希望與前代的愛爾蘭作家有所區隔。

葉慈（William Butler Yeats, 1865-1939）深受這股文學趨勢的影響，他畢生致力於重建愛爾蘭的文學傳統。其文學作品通常是寫地方、傳說之類「愛爾蘭味」濃厚的題材。 1899 年，他協助建立愛爾蘭文學劇院（Irish Literary Theater），並從 1904 年起執掌艾比劇場（Abbey Theater）。他的名聲逐漸廣為人知，1923 年還獲頒諾貝爾文學獎，肯定葉慈對現代文學的貢獻。

本地意識：身分與認同

葉慈生於都柏林，為英格蘭後裔。他的父親對宗教持保留態度，因而宗教並沒有帶給葉慈任何寬慰。相反地，他檢視自己的內心深處，因而發展出一套難以理解的思想，以彌補自己在宗教方面失落的信仰。葉慈探索了許多不同的領域，例如神秘主義、民間傳說、通神論、唯心論，以及新柏拉圖主義。葉慈到了中年逐漸發展出一套自己特有的符號系統，而建立這些象徵符號的動機多半是出自他奧秘難解的思想。然而，奧秘性有利也有弊，因為這種奧秘的思想風格所表現出的晦澀不明與不可理解等性質，也很容易將讀者拒於葉慈的文學領域和見解之外。

葉慈的童年與青年時期和都柏林、倫敦、史萊果（Sligo）這三個地方有著密不可分的關係。例如，他在倫敦認識了一群重要的詩人，這群人日後被稱為**詩人會社**（Rhymer's Club）。他們的詩表現的是前拉斐爾時期的風格，強調人與自然和諧的關係。而在史萊果的鄉間，葉慈獲得了農人生活的實際經驗，也聽取民間傳說，這些都成為他寫詩時活潑、生動的靈感來源。在都柏林，葉慈接觸到愛爾蘭的民族獨立運動，但他並不認同有些民族獨立主義者企圖利用文學來顛覆、推翻由英格蘭人統治的政權，他認為文學的貢獻應該是在復興愛爾蘭文化。

正當葉慈期盼民族獨立運動能有一番作為之際，他遇見了茉·岡妮（Maud Gonne）。對葉慈而言，岡妮不僅是靈感來源，也是不斷出現的象徵符號。例如在〈No Second Troy〉一詩當中，葉慈在第一句就把她比作世上最美的女子海倫。這個比喻暗示了當時愛爾蘭充斥民族意識的處境。葉慈在他的詩中毫不保留地表達他對民族的熱情，而他在詩中間接提及各種地方，也讓人們建立起民族認同感。

美感與賞析

葉慈的唯美主義常分為三個時期。第一個階段，主要受到浪漫主義的影響，強調個人情感與情緒的抒發。第二個階段，則是致力於發展符號系統，這是受到法國象徵主義的啟發。法國的象徵主義重視技巧的運用，藉以創造意象，代替詩人說話。因此我們聽到的不是詩人的聲音，而是交錯複雜的語言。

葉慈的詩到了最後一個階段，連他同時代的人都難以理解，這也使得葉慈被排拒於文學圈子之外。然而，他在這個階段所表現的晦澀不明與矛盾心理，卻滿是對英國帝國主義以及權力和知識體系的抗衡，其實是成功的反抗策略。要欣賞葉慈的詩，我們得了解他如何從浪漫的想像，轉變到運用象徵符號的技巧，進而走進奧秘難解的世界，並了解葉慈如何將凡夫俗子的愛情，提昇為對民族的大愛。

選輯動機

以下所選的三首詩，可說是代表葉慈從浪漫主義到象徵主義的演變。葉慈和其他的現代主義者一樣，由浪漫想像走入現代主義的符號運用，也就是說從表現說話者對愛情的感傷，轉而專研以匯編的文字，創造暗示性的象徵符號。

在〈漫步柳園中〉當中，葉慈直接了當地道出他的愛與浪漫的想像，而在〈塵世的玫瑰〉，他則使用「玫瑰」這個象徵，其中有多重意涵：暗示特洛伊城的海倫，以及愛爾蘭的民間傳說。葉慈利用象徵符號，暗示性地道出他對心上人的愛，使他受到煎熬與痛苦。

1_ Down by the Salley Gardens

(45) Down by the salley gardens my love and I did meet;   1
She passed the salley gardens with little snow-white feet.
She bid me take love easy, as the leaves grow on the tree;
But I being young and foolish, with her would not agree

In a field by the river my love and I did stand,   5
And on my leaning shoulder she laid her snow-white hand.
She bid me take life easy, as the grass grows on the weirs;
But I was young and foolish, and now am full of tears.

漫步柳園中

漫步柳園中，我與我的愛人相遇；   1
她一雙小巧雪白的腳，穿過柳園。
她要我從容看待愛情，一如樹葉生長在枝頭上那般自然；
但我年輕又愚蠢，不願同意她的看法。

在河邊的田野上，我與我的愛人佇足，   5
她將雪白的手搭在我傾斜的肩上。
她要我從容看待生命，一如青草生長在堰上那般自然；
但當時我年輕又愚蠢，如今只能淚盈滿眶。

這首詩原本名為〈舊曲新唱〉（An Old Song Resung），在此處揚棄舊名，可以看出葉慈企圖將這首本土的吟唱歌曲，提升到民族想像的層次。詩中的 salley 是闊葉柳（sallow）的變形，柳樹的一種。這首詩是葉慈回憶他遇到的一名老婦人，她吟誦了史萊果的一首歌曲片段，所寫成的作品。他利用這首農夫的歌曲，來表達他逝去的愛情。

在第一個詩節，說話者敘述他與心上人相遇柳園邊。到了第三句我們看到了帶有浪漫色彩的基調，也就是將愛情比擬為自然景物。第二個詩節基本上和第一詩節維持同樣的結構，但說話者最後在時態上做了些改變，告訴我們他對自己癡傻的頓悟和懊悔。儘管葉慈這首取材自村婦的詩只是簡單的吟誦，卻能夠充分表現一個人心靈的微妙變化，並道出了愛情與生命常遭扭曲的本質。

2_ The Rose of the World

Who dreamed that beauty passes like a dream? 1
For these red lips, with all their mournful pride,
Mournful that no new wonder may betide[1],
Troy passed away in one high funeral gleam,
And Usna's children[2] died. 5

We and the labouring world are passing by:
Amid men's souls, that waver and give place
Like the pale waters in their wintry race,
Under the passing stars, foam of the sky,
Lives on this lonely face. 10

Bow down, archangels[3], in your dim abode[4]:
Before you were, or any hearts to beat,
Weary and kind one lingered by His seat;
He made the world to be a grassy road
Before her wandering feet. 15

2_ 塵世的玫瑰

誰曾想過美麗會如夢一般消逝？　　　　　　　　　1
這嫣紅的雙唇，帶著沉痛的驕傲，
為不再有傾城美貌而沉痛，
特洛伊在高處的葬禮微光中消逝，
烏茲那的子嗣也一一喪命。　　　　　　　　　　5

我們與擾攘的世界正經過：
走在人類靈魂當中，猶疑不定
像白茫茫的水流在冬日競逐著，
在流轉的星辰、朦朧的天際下，
用這張孤獨的臉孔繼續活下去。　　　　　　　　10

彎腰屈膝吧，大天使們，在你們昏暗的住處裡：
在你們或任何人的心臟尚未跳動前，
某個疲倦而仁慈的人，已徘徊在上帝的座椅旁；
祂讓世界成為一條長滿青草的道路
就在她漫步的雙腳前方。　　　　　　　　　　15

---

1 betide [bɪˈtaɪd] (v.) 發生；降臨於
2 Usna's children，烏茲那之子，愛爾蘭民間故事裡的傳奇人物，他們
　帶走阿爾斯特國王康邱伯（King Conchubar of Ulster）有意迎娶的女
　子，後來被引誘回到愛爾蘭而遭國王殺害
3 archangel [ˈɑːrkeɪndʒəl] (n.) 大天使；天使長
4 abode [əˈboʊd] (n.)〔書〕住所；住處

由於受到新柏拉圖主義的影響，葉慈談到了亙古不變的永恆之美（eternal beauty）這個柏拉圖的概念。葉慈運用象徵符號的技巧，間接提及了引發特洛伊戰爭的海倫。但他旋即又將這個暗示和愛爾蘭的傳說融合在一起，特洛伊城，其在特洛伊戰爭中遭到摧毀，葉慈此處即暗指這個典故，認為愛爾蘭和這座殞落的城市一樣。

在第二個詩節當中，葉慈用「pale waters in their wintry race」（白茫茫的水流在冬日競逐著）這個象徵，來表現愛爾蘭人民對祖國的錯亂，他們似乎沒有可以認同的目標。就如同行屍走肉般，愛爾蘭人民漫無目的地遊蕩在大地之上。

到了最後一個詩節，葉慈企圖昇華他難以迄及的追求目標——亦即上帝。他把可以超越世俗限制的知性之美這個追求加以提升，進入上帝天上的殿堂。因此可以這麼說，這首詩一方面充分表現柏拉圖對知性美的追求，另一方面，也傳達出葉慈對民族之愛的熱忱。

3_The Sorrow of Love

The brawling[1] of a sparrow in the eaves[2],   1
The brilliant moon and all the milky sky,
And all that famous harmony of leaves,
Had blotted out[3] man's image and his cry.

A girl arose that had red mournful lips   5
And seemed the greatness of the world in tears,
Doomed like Odysseus[4] and the labouring ships
And proud as Priam[5] murdered with his peers;

Arose, and on the instant clamorous[6] eaves,
A climbing moon upon an empty sky,   10
And all that lamentation[7] of the leaves,
Could but compose man's image and his cry.

---

1 brawling [brɔːlɪŋ] (n.) 喧嚷
2 eaves [iːvz] (n.) 屋簷
3 blot out 去除；抹掉
4 Odysseus [əˈdisjuːs]，希臘神話中的奧德賽，相當於尤里西斯（Ulysses），是特洛伊之戰的英雄，他因詛咒而在海上漂流多年
5 Priam [ˈpraɪəm]，希臘神話中特洛伊城（Tory）之末代國王
6 clamorous [ˈklæmərəs] (a.) 喧嚷的；吵鬧的
7 lamentation [ˌlæmənˈteɪʃən] (n.) 哀悼；慟哭

3_ 愛的哀愁

屋簷上麻雀的吱吱喳喳，　　　　　　　　　　　　1
皎潔的月光和清澈的夜空，
樹葉窸窣美妙的和諧曲子，
掩蓋了人們的樣子與聲音。

一位朱唇悽悽的女子出現　　　　　　　　　　　5
淚眼盈眶望著塵世的偉大，
一如奧德賽和他的船隊，受著命運的磨難
又自負如率臣殉身的特洛伊王；

在一陣喧囂的屋簷上，升起一輪
正往著晴空攀爬而上的月亮，　　　　　　　　10
枝葉沙沙的哀嘆，
為著人們的樣子與聲音而編唱。

這首詩產生了一個雙重視野，同時呈現人對民族大愛與兒女私情的憂傷，而且葉慈將愛爾蘭文化以及希臘典故結合在一起。詩中又間接提到了海倫，這有兩層意義：一則，海倫象徵特洛伊之戰，意味出愛爾蘭與英國之間不平等的關係；另外，葉慈也藉此表達對茉・岡妮的愛意，因為她參與了這場反抗大英帝權的運動。

在第一個詩節，葉慈設計了一個場景，嘈雜的雀鳥和皎潔的明月、清澈的夜空，形成了和諧的畫面。但這種和諧並未產生撫慰的作用，反而讓陷在噪音裡的說話者感到悲傷。到第二個詩節，葉慈說出他對反抗英國政府可能發生的行動感到焦慮，擔心後果可能會如被摧毀的特洛伊城。此處可以感受到葉慈對於民族獨立運動的猶豫不決與不確定感，儘管他也參與其中。最後，葉慈又設計了一個與第一個詩節略微不同的場景，更加強烈地表達他對愛的傷悲。

豪斯曼（A. E. Housman, 1859-1936）

19

A. E. Housman

A Shropshire Lad

豪斯曼

舒 洛 普 郡 少 年 郎

標示田園生活：走向英國風

大多數現代主義評論家或詩人紛紛將目光轉向城市風貌或都會生活，如艾略特（T. S. Eliot）的《荒原》（*The Waste Land*）即為現代主義的代表作，但豪斯曼（Alfred Edward Housman, 1859-1936）卻反其道而行，專注於田園或鄉村生活。豪斯曼掀起了緊張的城鄉辯證，不過並未因此而產生肯定的結論，原因就出在他客觀分析古典文學的文本及其所要求的超然精神。他詩中流露的懷舊情緒顯示出現代人壓抑的欲望，也反映出人們遠離大自然簡單生活後的焦慮。為了對抗現代生活或城市文明所造成的徵候，豪斯曼提出回歸鄉村生活。

豪斯曼於 1896 年出版《舒洛普郡少年郎》（*A Shropshire Lad*），旋即受到矚目。這本詩集共收錄六十三首詩，陳述了城市與鄉村、都會與田園之間的緊張對立。豪斯曼將他對俗世的關心，投射到「舒洛普郡少年郎」這個角色身上。至於情節，通常是在農業社會的背景中，一個悲劇英雄如何度過他短暫的一生，並以特定的英國城市風貌作為對比，其餘的則是漫長的歷史敘述。

豪斯曼假定田園生活為都會生活的縮影，但在他詩裡的鄉村仍有其重要性，鄉村有助於勾勒出英國風格（Englishness）的輪廓。一方面是因為田園生活本來即是英國文化的典型，另一部分的原因則是鄉村會讓人想起自己的歸屬或認同。而想像中的舒洛普郡，也正是舒洛普郡少年郎渴望回歸，卻又無法如願的地方。

失去的田園生活，成了豪斯曼詩中不斷重複的主題，這使他的詩混雜懊悔、渴望、懷舊、諷刺等悲觀成分。從這個角度來看，這些成分都成了某種現代英國風格的文化象徵，他們對於鄉村的描述的確貼切，但人物方面則顯得薄弱。

古典文學的博學之士

豪斯曼生於渥斯特郡（Worcestershire），鄰近舒洛普郡的交界。舒洛普郡後來成為豪斯曼的想像裡一個重要、不斷出現的地方，特別是在他的「英國風格」方面。豪斯曼後來進入牛津大學攻讀古典文學與哲學，但在牛津發生了一件令人意外的事情，他的期末考失利，未能過關。有些人認為，他在學業表現上失常是因為心理因素，而造成他心理紛亂的原因，據說就是受壓抑的同性戀欲望。

豪斯曼後來才取得學位，成為倫敦大學學院的拉丁文教授。此後一直在劍橋三一學院教授拉丁文。除了出版的作品之外，他大多數的研究是以古典文學為主。他對古典文學研究的特點，在於縝密客觀的研究文本，而無意藉由研究古典文學來宣洩個人情感。他在《詩的名稱和性質》（*The Name and Nature of Poetry,* 1933）中有進一步解釋，他認為詩是無法翻譯或分析的，不過讀者因為讀詩當時的生理反應，便產生了對詩的評價。

豪斯曼受到希臘與拉丁文抒情詩的影響，也發展出自己的文學形式田園詩。但豪斯曼並不跟隨田園詩觀念的轉變，這也許是因為他對古典文學採取「客觀的」分析。相反地，他的田園詩有多重意義，他一方面嘗試在詩中解決生活的困境，另一方面則是創造了一個獨立自主的田園生活，成為一個模仿城市生活的縮圖。

美感與賞析

欣賞豪斯曼的詩之前，必須先有一個觀念，也就是他所迷戀的田園生活具有多重意義。其一是重拾失落或受壓抑的田園詩文化傳統，再者是企圖為人們創造一個可以逃離大都市紛擾的處所。因此要評價豪斯曼的詩，必須對鄉村與城市具備雙重視野。在現代詩當中，豪斯曼的田園詩創作，表達出國家歸屬或政治認同，而這正是國家建立的一大要素。

選輯緣由

以下選了這三首詩，就是為了具體說明豪斯曼如何運用田園詩，進而重新思考，在虛無茫然不知所從的現代，要如何學會過都市生活。有關於田園的文字，在詩中隨處可見，例如第一首詩的場景 Bredon，就是舒洛普郡附近的一個山丘，只不過名稱上自然景物的色彩並沒有那麼明顯。

1_ Bredon Hill

In summertime on Bredon 1
   The bells they sound so clear;
Round both the shires[1] they ring them
   In steeples[2] far and near
   A happy noise to hear. 5

Here of a Sunday morning
   My love and I would lie
And see the colored counties,
   And hear the larks so high
   About us in the sky. 10

The bells would ring to call her
   In valleys and miles away:
"Come all to church, good people;
   Good people, come and pray."
   But here my love would stay. 15

And I would turn and answer
   Among the springing thyme[3],
"O, peal[4] upon our wedding,
   And we will hear the chime[5],
   And come to church in time." 20

1_ 布列敦丘

布列敦的夏日時光
   鐘聲響得如此清澈;
兩個城郡敲響的鐘聲
   在尖塔的遠近環繞
悅耳愉悅的聲響。

在星期天清晨
   我會和我心愛的人躺在這兒
眺望繽紛的城鎮風光,
   聽著雲雀的歌聲
   繚繞在我們頭頂的天空上

鐘聲召喚著她
   響徹山谷,傳到遠處:
「來上教堂吧,善良的人們;
   善良的人們,來此祈禱吧!」
   但我的愛卻停留在此處。

我在抽芽的百里香中
   轉身應聲道,
「喔!為我們的婚禮敲鐘吧,
   那我們聽到鐘聲時,
   就會及時回到教堂。」

---

1. shire [ʃaɪr] (n.)（英國的行政區單位）郡
2. steeple ['stiːpəl] (n.) 尖塔
3. thyme [taɪm] (n.) 麝香草屬植物;百里香
4. peal [piːl] (v.) 鳴響
5. chime [tʃaɪm] (n.) 鐘聲;樂鐘

But when the snows at Christmas
   On Bredon top were strown[6],
My love rose up so early
   And stole out unbeknown
   And went to church alone.   25

They tolled the one bell only,
   Groom there was none to see,
The mourners followed after,
   And so to church went she,
   And would not wait for me.   30

The bells they sound on Bredon,
   And still the steeples hum.
   "Come all to church, good people,"—
   Oh, noisy bells, be dumb
   I hear you, I will come.   35

6   strow [stroʊ] (v.)〔古〕散播；撒滿

然而當聖誕節的降雪
　　　覆蓋了布列敦丘的山頂，
我心愛的人一大早起床
　　　悄悄地走出門
　　　獨自前往教堂。　　　　　　　　　　　　25

他們只緩緩敲著一座鐘，
　　　也看不到什麼新郎，
送葬的人們前後相隨，
　　　她也跟著走向教堂，
　　　不為我稍作停留。　　　　　　　　　　　30

他們在布列敦各處敲響了鐘聲，
　　　鐘塔的餘音仍嗡嗡作響著。
「來上教堂吧，善良的人們」──
　　　　喔！吵鬧的鐘，安靜點吧
　　　　我聽見你了，我就來了。　　　　　　35

根據豪斯曼的注解此處發音為「Breedon」。這座山丘位在舒洛普郡附近的渥斯特郡（Worcestershire）。在詩裡，說話者以獨白的方式憑弔自己逝去的戀情。第一個詩節中，說話者回憶與愛人共度的夏日時光。但歡樂時光最後卻以悲劇收場，聖誕節白雪覆蓋布列敦之際，愛人離開了人世。教堂的喪鐘，傳來心上人的死訊，讓讀者產生沉重的心情。

從這首詩可以看出豪斯曼對鄉村生活的關切，以及他拒絕直接表現自憐的做法。他安排說話者哀悼自己死去的愛人，讓讀者自己產生感動的情緒。此外，這首詩也點出了豪斯曼如何描繪鄉村生活的輪廓，而鄉村生活正好符合其國家意象語的文化圖像。

2_ With Rue My Heart Is Laden

With rue[1] my heart is laden[2]   1
For golden friends I had,
For many a rose-lipt maiden
And many a lightfoot lad.

By brooks too broad for leaping   5
    The lightfoot boys are laid;
The rose-lipt girls are sleeping
    In fields where roses fade.

1 rue [ruː] (n.) 〔古〕後悔；悲嘆
2 lade [leid] (v.) 裝滿

2_ 我的心載滿悲傷

我的心載滿悲傷   1
為著我曾擁有的金石好友，
為著許多擁有玫瑰紅唇的少女
為著許多腳步輕快的少年。

在無法一躍而過的寬闊溪水邊   5
    駐足著腳步輕快的少年們；
玫瑰紅唇的少女們正沉睡
    在玫瑰凋落的田野上。

雖然這只是首簡短的小詩，但格雷（Thomas Gray, 1716-1771）的「輓歌」（elegy）傳統都包羅在其中。即使有格雷輓歌的形式，豪斯曼仍試圖將特別的、主觀的個人哀傷情緒，昇華為普遍的經驗。豪斯曼藉此傳達出面對摯友和山川景物的轉變時，心中無限的惆悵。

首先，豪斯曼利用過去與現在之間的裂痕，製造矛盾的情感。說話者藉由紅唇少女和他的「金石故人」消逝這個暗示死亡的象徵，成功營造出他哀悼朋友之死的悲傷氣氛。從這首詩，我們可以看到豪斯曼如何以描寫山川景物，傳達他主觀的情感。儘管整首詩只有短短幾句，卻觸動了人們心靈的深處。

3_ Oh, when I was in love with you 喔！當我愛上你

Oh, when I was in love with you,   1
   Then I was clean and brave,
And miles around the wonder grew
   How well did I behave.

And now the fancy passes by,   5
   And nothing will remain,
And miles around they'll say that I
   Am quite myself again.

喔！當我愛上你，   1
   我變得如此純潔而勇敢，
幾里內到處都有人訝異著，
   我的行為舉止怎麼如此得宜。

如今這份美好已成過往，   5
   什麼都沒留下，
幾里內到處都有人會說
   我又回到以前那個樣子了。

說話者一開始先發出一聲感嘆，他回憶起墜入情網的那一刻。那時他既純潔又英勇，結果在地方上引起一陣疑惑。然而當幻想消逝了，他才曉得一切都變了。說話者又成了孤單一人，卻也因而產生了自覺。這首詩表現出豪斯曼如何利用詩裡的人物反映出生命的困境。

艾略特（T. S. Eliot, 1888-1965）

20

T. S. Eliot

Poet of Objective Collectivity

艾略特

集體客觀的詩人

感性的分離

艾略特（T. S. Eliot, 1888-1965）身兼詩人與批評家，是現代主義的重要人物。他針對詩人的社會地位，提出了革命性的觀點，以反駁諸如渥茲華斯等浪漫主義詩人的情感表達模式。艾略特在接受諾貝爾文學獎的宴會上發表演說，他表示傳統的重要性應取代個人強烈情感的流露，並批評渥茲華斯對於詩的假設觀點：「『在平靜中回想起來的強烈情感』，並非是正確的公式。」

對艾略特來說，詩人的「心靈應該是個容器，可以抓住和儲存無數的情感、措辭、意象，並且保留直到可以重組成新複合物的所有分子，又聚在一起為止。」這段話出自〈傳統與個人天才〉（Tradition and Individual Talent）一文。由於抱持這樣的觀點，艾略特回顧十七世紀的形上詩人，得到「感情的分離」（dissociation of sensibility）的構想，強調將理智與個人的強烈情感劃清界線。詩人是種超然、一絲不苟的角色，應和被描述的對象保持一段距離。

研究形上詩人這個重要的轉折，為艾略特構築了一個基礎，他後來提出「集體的客觀」（objective collectivity）的理論架構，這個概念使詩人得以和被觀察的對象保持一段距離。艾略特還有一點值得一提，也就是他為一九二〇年代崛起的新批評學派（New Criticism）奠定了基礎。

詩人與批評家之路

艾略特生於美國密蘇里州聖路易一個顯赫的新英格蘭家庭。他於 1906 年進入哈佛大學，當時哈佛彌漫著一股反浪漫主義的氣氛。他們重視的是伊麗莎白和詹士斯時代的文學、義大利文藝復興，以及印度的神秘哲學。在哲學方面，英國唯心論派哲學家布萊德雷（F. H. Bradley）對艾略特影響甚鉅。艾略特因為這些影響，開始重視個人經驗的私密性，尤其是銘刻於人們心靈白板（tabula rasa）之上的私密意象語。在那個階段到 1914 年赴英之前，他大量地閱讀了許多文學與哲學著作。

到了英國，艾略特進入牛津專研希臘哲學，後來在勞埃德銀行（Lloyd's Bank）獲得一份職位。他的妻子是英國女性作家費雯・海伍德（Vivien Haigh-Wood）。不過這段婚姻並不幸福，因為海伍德健康不佳，且極度的神經質。這對艾略特造成很大的傷害， 1921 年，他因緊繃不安的情緒，差點精神崩潰。

為了走出痛苦與憂慮的陰霾，艾略特住進了瑞士療養院接受治療。有一件重大的事件值得一提，也就是他將《荒原》的手稿交給了龐德（Ezra Pound）。龐德修減了《荒原》的長度，並於 1922 年發表，而這部作品被視為現代生活的真實寫照，其中的現代人被描寫成行屍走肉。

> ## 白板說（tabula rasa）
>
> 在認識論和心理學中，指經驗主義者所假定的一種心理狀態，主張「認識」來源於「經驗」的一種哲學思想，用來比喻人類心靈的本來狀態「像白紙一樣沒有任何印跡」。
>
> 17 世紀英國經驗主義哲學家 John Locke（1632-1704）繼承並發展了亞里斯多德的蠟塊說，認為人剛出生時，心靈就像白紙或白板一樣，而一切的觀念和知識，都是外界事物在白板上所留下的痕跡，都歸源於「經驗」。

1933 年，艾略特與妻子離異，海伍德最後被送進精神病院，於 1947 年辭世。十年後，艾略特展開第二段婚姻。歷經了精神崩潰與世界大戰等大事之後，終於讓他走上了詩歌創作與文學批評的路途。

危機與批評：現代人的荒原

大致說來，艾略特認為詩人應該和被描述對象保持距離，不過他仍然意味深長地控訴現代文明正走向衰敗，且瀕臨危機與瓦解的邊緣。在《荒原》當中，艾略特將城市生活比喻為荒原，身在荒原的每個人都在等死且懼怕活著，因為現代生活彌漫著虛無的氛圍，道德也被唯物主義所取代。

對於「人」的危機，艾略特間接提到印度與基督教的神話，並提出三個建言——付出、憐憫和自制，他認為這三點正是救贖的動力。

艾略特的唯美主義和他對批評本質的看法，有密不可分的關係。他認為，批評就像呼吸一樣無法避免，將我們在閱讀時所產生的感觸或念頭清楚地說出來，並在他們的評論作品中批評我們的想法，如此我們就不會再沉淪下去。也因此艾略特的唯美主義渲染上了道德感和價值評價。

艾略特的藝術成就在於創造了可以傳達社會現實的象徵性語言。他大量利用經典典故來陳述出他對現代文明的不滿。另一方面，藉由象徵的換喻並置創造出一種緊繃的感覺，而不是直接為困境提出解決方案。這可說明集體客觀重視文本獨立自主所產生的結果。既然批評和唯美主義都應該遵循傳統，在這種情況下要欣賞艾略特的詩，就需要深厚廣博的知識基礎。只有掌握住這些典故的源頭，才能明瞭他常被批評為精英主義的思考模式。

艾略特是現代主義運動名副其實的代表人物。不僅如此，他對批評獨到的觀點，甚至影響了美國文學批評家哈洛德・卜倫（Harold Bloom）的《影響的焦慮》（*The Anxiety of Influence*）。艾略特的重要性不在於獲得諾貝爾文學獎，而是他對詩學規律的變革。他不僅繪製出城市風貌，也將現代人心靈的樣貌描繪出來，而兩者經常在他的詩中交互影響，像是本書選輯的《阿爾弗瑞德・普魯弗洛克的情歌》。

雖然名為「情詩」，但讀者會漸漸發現這首詩不是在講愛情，而是在探討 Prufrock 的心理變化。由於通篇找不到「愛」這個字，艾略特藉此明白說出，他對於愛和道德流失的批判，而這個現象正是文化和資產階級價值衰敗所造成的。在這首詩中，我們可以看到艾略特成功地描述日常生活不斷重複的乏味，因而映照出每個人心裡頭的那片「荒原」。

The First Anniversary of the Death of Beatrice: Dante Drawing the Angel

《阿爾弗瑞德・普魯弗洛克的情歌》一開始的詩段摘自義大利詩人但丁
（Alighieri Dante, 1265-1321）著作《神曲》（*The Divine Comedy*）之〈地
獄〉篇（Inferno: Canto XXVII, 61-66）。以下是取自 H. W. Longfellow（1807-
1882）的原作英譯文：

> If I believed that my reply were made
>   To one who to the world would e'er return,
>   This flame without more flickering would stand still;
> But inasmuch as never from this depth
>   Did any one return, if I hear true,
>   Without the fear of infamy I answer,

《神曲》全詩為三部分《地獄》（*Hell*）、《煉獄》（*Purgatory*）和《天堂》
（*Paradise*），每部 33 篇，加序詩，共 100 篇。詩句的編寫三行一段，各篇長短
大致相等，每部都以「群星」（stelle）一詞結束。在書中，但丁以第一人稱描寫
自己誤闖一座黑暗的森林，後來蒙羅馬詩人維吉爾（Virgil）的靈魂相救，帶他
穿過地獄、煉獄，然後把他交給但丁當年暗戀的 Beatrice 的靈魂，帶他遊歷天
堂，並見到了上帝。在這一路的遊歷途中，但丁還遇到了歷史上的諸多名人，
並與之交談。

1_ The Love Song of J. Alfred Prufrock

(51)

S'i' credesse che mia risposta fosse
a persona che mai tornasse al mondo,
questa fiamma starìa sanza più scosse;
 ma però che già mai di questo fondo
non tornò vivo alcun, s'i'odo il vero,
sanza tema d'infamia ti rispondo.[1]

Let us go then, you and I,   1
When the evening is spread out against the sky
Like a patient etherised upon a table;
Let us go, through certain half-deserted streets,
The muttering retreats   5
Of restless nights in one-night cheap hotels
And sawdust restaurants with oyster-shells:
Streets that follow like a tedious argument
Of insidious intent
To lead you to an overwhelming question . . .   10
Oh, do not ask, "What is it?"
Let us go and make our visit.

In the room the women come and go
Talking of Michelangelo.

---

[1] 見第 301 頁

1_ 阿爾弗瑞德・普魯弗洛克的情歌

我要是以為，我是在回答
一個回去過塵世的人，
這火焰就不會繼續晃動閃耀；
但既然從未曾有人從這地獄深處
返回塵世，如果真是這樣，
那我在回答時就不用擔心招致惡名了，

那我們就走吧，我們倆，　　　　　　　　　　　1.
當黃昏正對著一片穹蒼漫開
猶如手術檯上的病人逐漸陷入麻醉中；
我們走吧，穿過幾條冷冷清清的街道，
夜晚沸騰，人聲喧嘩　　　　　　　　　　　　5
在提供夜宿的廉價旅舍裡
在滿地蚌殼、鋪著木屑的餐館裡：
街道相連，像是一場冗長的論證
帶著陰險的意圖
要把你引向一個重大難解的問題……　　　　　10
喔，別問：「是什麼問題？」
且讓我們走吧，去做我們的拜訪。

房間裡，女人們來來回回
談論著米開朗基羅。

The yellow fog that rubs its back upon the window-panes,　　　　15
The yellow smoke that rubs its muzzle[2] on the window-panes
Licked its tongue into the corners of the evening,
Lingered upon the pools that stand in drains,
Let fall upon its back the soot[3] that falls from chimneys,
Slipped by the terrace[4], made a sudden leap,　　　　20
And seeing that it was a soft October night,
Curled once about the house, and fell asleep.

And indeed there will be time[5]
For the yellow smoke that slides along the street,
Rubbing its back upon the window-panes;　　　　25
There will be time, there will be time
To prepare a face to meet the faces that you meet;
There will be time to murder and create,
And time for all the works and days of hands[6]
That lift and drop a question on your plate;　　　　30
Time for you and time for me,
And time yet for a hundred indecisions,
And for a hundred visions and revisions,
Before the taking of a toast and tea.

In the room the women come and go　　　　35
Talking of Michelangelo.

2　muzzle [ˈmʌzəl] (n.)（狗、狐等）鼻口部分
3　soot [sʊt] (n.) 煤煙；煤灰
4　terrace [ˈterəs] (n.) 庭院中的露臺；平臺屋頂

黃色的霧在窗戶的玻璃上磨蹭著背部，　　　　　　　　15
黃色的煙在窗戶的玻璃上揉著嘴
舔著舌頭，舔進黃昏的角落裡，
徘徊在排水管處積聚的水坑上，
讓煤灰從煙囪跌落到牠的背上，
溜下台階，突然縱身跳躍，　　　　　　　　　　　　20
看到了這是一個柔和的十月夜晚，
曾經在屋子邊蜷身而睡。

的確，總會有時間
讓黃色的煙溜過街道，
在窗戶的玻璃上磨蹭著牠的背部；　　　　　　　　　25
總是會有時間，總是會有時間
去準備好一張臉，好去面對你遇到的每一張臉；
總會有時間，去糟蹋和創作，
總有時間，讓舉手提問並把問題丟進你盤子裡的那雙手
完成所有的工作，結束一天；　　　　　　　　　　30
總是有時間，給你，給我，
還有的是時間，可以猶豫個一百遍，
可以再想像個一百回，之後再琢磨個一百次，
在品嚐吐司與紅茶之前。

房間裡，女人們來來回回　　　　　　　　　　　　35
談論著米開朗基羅。

5 「there will be time」引用自詩人馬維爾〈致羞怯的情人〉中的詩句
6 「works and days of hands」的典故出自 Hesiod 的田園詩〈Works and Day〉，艾略特以勞動的雙手和社交手勢，形成雙重視野來做對照

And indeed there will be time
To wonder, "Do I dare?" and, "Do I dare?"
Time to turn back and descend the stair,
With a bald spot in the middle of my hair—   40
(They will say: "How his hair is growing thin!")
My morning coat, my collar mounting firmly to the chin,
My necktie rich and modest, but asserted by a simple pin—
(They will say: "But how his arms and legs are thin!")
Do I dare   45
Disturb the universe?
In a minute there is time
For decisions and revisions which a minute will reverse.

For I have known them all already, known them all:—
Have known the evenings, mornings, afternoons,   50
I have measured out my life with coffee spoons[7];
I know the voices dying with a dying fall[8]
Beneath the music from a farther room.
    So how should I presume?

And I have known the eyes already, known them all—   55
The eyes that fix you in a formulated phrase,
And when I am formulated, sprawling[9] on a pin,
When I am pinned and wriggling[10] on the wall,
Then how should I begin
To spit out all the butt-ends of my days and ways?   60
    And how should I presume?

7 「I have measured out my life with coffee spoons」這是常被引用的
  名句，暗示生活的乏味，以及光陰都浪費在瑣碎的事情上

的確，總是還有時間
來疑問：「我敢嗎？」「敢嗎？」
還有時間，可以轉回身，走下樓，
帶著頭頂上禿了一塊的禿頭—— 40
（他們會說：「他的頭髮愈長愈少了！」）
我的晨禮服，衣領筆挺直到下頜，
我的領帶華麗端莊，用著一個素雅的別針固定著——
（他們會說：「他的雙手雙腳真是細呀！」）
我敢嗎 45
去驚動這個世界？
在一分鐘裡總是還有時間
做出決定，變更，一分鐘內再全部變卦。

因為我早就熟悉他們了，全都很熟悉——
熟悉黃昏，清晨，午後， 50
我已經用過咖啡匙測量我的生命了；
我熟悉那些叨叨絮絮、漸歇下來的聲音
被壓在遠處屋裡傳來的樂音下。
　　　所以我怎麼敢貿然開口？

我早就很熟悉那些眼神了，全都很熟悉—— 55
那些眼神緊緊盯著你，給你套上某種說法，
當我這樣被框住，在大頭針上張開四肢，
當我被釘在牆上，扭動著身軀，
我要怎麼開始
把我的生活和習慣的煙屁股都吐出來？ 60
　　　所以我怎麼敢貿然開口？

8　「a dying fall」引自莎士比亞《第十二夜》(*Twelfth Night*)之「That strain again! It had a dying fall.」，意在暗示重覆的乏味
9　sprawl [sprɔːl] (v.) 懶散地伸開（手、足）
10　wriggle ['rɪɡəl] (v.) 蠕動；扭動

And I have known the arms already, known them all—
Arms that are braceleted and white and bare
(But in the lamplight, downed with light brown hair!)
Is it perfume from a dress   65
That makes me so digress[11]?
Arms that lie along a table, or wrap about a shawl[12].
    And should I then presume?
    And how should I begin?

      . . . . .

Shall I say, I have gone at dusk through narrow streets   70
And watched the smoke that rises from the pipes
Of lonely men in shirt-sleeves, leaning out of windows?. . .

I should have been a pair of ragged claws
Scuttling[13] across the floors of silent seas.

      . . . . .

And the afternoon, the evening, sleeps so peacefully!   75
Smoothed by long fingers,
Asleep . . . tired . . . or it malingers[14],
Stretched on the floor, here beside you and me.
Should I, after tea and cakes and ices,
Have the strength to force the moment to its crisis?   80
But though I have wept and fasted, wept and prayed,
Though I have seen my head (grown slightly bald) brought
    in upon a platter[15],

我早就很熟悉那些手臂了，全都很熟悉——
手臂戴著鐲子，細白，赤裸
（但是在燈光下，有淡褐色的手毛，毛茸茸的！）
是某件禮服傳來的香水味   65
讓我這樣偏離了主題嗎？
那些手臂沿著桌緣擱躺著，或是裹著披肩。
　　　這時候我應該貿然開口嗎？
　　　要怎麼插入第一句話？
……

我是否該說，我在傍晚穿過狹窄的街道時   70
看到了孤獨的男人們，穿著襯衫，倚在窗口上，
煙斗裡升起了裊裊的煙？……

我應該變成為一對鋸齒狀的螯
匆匆忙忙爬過寂靜海洋的海底。
……

在午後，在黃昏，睡得多麼沉！   75
被纖長的手指輕撫著，
睡去……疲倦……或是裝病，
在地板上伸展著身子躺著，就躺在你我的身邊。
我該不該，在吃了茶、糕點和冰品後，
便有勇氣將這一刻推到緊要關頭？   80
雖然我已經哀嘆過又齋戒過，哀嘆過又祈禱過，
雖然我已經看到了我的頭（愈來愈禿了）用盤子端了進來，

11　digress [daɪˈgrɛs] (v.) 走向岔道；脫離主題
12　shawl [ʃɔːl] (n.) 方形披巾；圍巾
13　scuttle [ˈskʌtl] (v.) 急趕；急跑
14　malinger [məˈlɪŋɡər] (v.) 裝病以逃避職責或工作
15　「head (grown slightly bald) brought in upon a platter」施洗者約翰，聖經的典故

I am no prophet—and here's no great matter;
I have seen the moment of my greatness flicker,
And I have seen the eternal Footman hold my coat, and snicker[16],   85
And in short, I was afraid.

And would it have been worth it, after all,
After the cups, the marmalade, the tea,
Among the porcelain, among some talk of you and me,
Would it have been worth while,   90
To have bitten off the matter with a smile,
To have squeezed the universe into a ball
To roll it toward some overwhelming question,
To say: "I am Lazarus[17], come from the dead,
Come back to tell you all, I shall tell you all"—   95
If one, settling a pillow by her head,
  Should say: "That is not what I meant at all.
  That is not it, at all."

Would it have been worth while,
After the sunsets and the dooryards and the sprinkled streets,   100
After the novels, after the teacups, after the skirts that trail
  along the floor—
And this, and so much more?—
It is impossible to say just what I mean!
But as if a magic lantern threw the nerves in patterns on a screen: 105
Would it have been worth while
If one, settling a pillow or throwing off a shawl,
And turning toward the window, should say:
  "That is not it at all,
  That is not what I meant, at all."   110
. . . . .

但我不是先知——不過這也不是什麼大事；
我已經看到了我偉大的那一刻閃耀在眼前，
已經看到了那位肉身不死的男僕，拿著我的大衣，一邊竊笑著，　　85
簡單地說，我害怕。

那麼，到底值不值得，
在飲料、果醬、茶都吃過了以後，
在杯盤之間，在別人談論著你和我時，
是否值得　　　　　　　　　　　　　　　　　　　　　　　90
笑一笑，把這整件事情一口咬掉，
把宇宙搓成一個球
將它滾向某個大哉問，
說道：「我是拉撒路，從冥界來的，　　　　　　　　　　　95
要回來告訴你們一切，把一切都告訴你們」——
萬一，她一邊把頭枕在靠墊上，
　　一邊說道：「我的意思完全不是要談這些。
　　不是要談這些，完全不是的。」

那麼，到底值不值得，
值不值得
在經過許多黃昏後，在前庭踱步後，在街道灑過水後，　　100
在讀過許多小說後，在喝過許多茶後，在許多長裙拖曳過地板後——
這些，和其他更多的事？——
要道出我真正的意思，是不可能的！
但就好比幻燈機把神經圖投影到螢幕上：　　　　　　　105
是否值得
萬一，她一邊調整靠墊，或是脫下披肩，
一邊轉身面向窗戶，說道：
　　「完全不是這樣子的，
　　我的意思完全不是要談這些的。」　　　　　　　110
……

16　snicker ['snɪkər] (v.) 竊笑
17　《聖經・約翰福音》中的人物拉撒路，他因病而死，但耶穌使之復活

No! I am not Prince Hamlet, nor was meant to be;
Am an attendant lord, one that will do
To swell a progress, start a scene or two,
Advise the prince; no doubt, an easy tool,
Deferential, glad to be of use,   115
Politic, cautious, and meticulous[18];
Full of high sentence, but a bit obtuse[19];
At times, indeed, almost ridiculous—
Almost, at times, the Fool.

I grow old . . . I grow old . . .   120
I shall wear the bottoms of my trousers rolled

Shall I part my hair behind? Do I dare to eat a peach?
I shall wear white flannel[20] trousers, and walk upon the beach.
I have heard the mermaids singing, each to each.

I do not think that they will sing to me.   125

I have seen them riding seaward on the waves
Combing the white hair of the waves blown back
When the wind blows the water white and black.

We have lingered in the chambers of the sea
By sea-girls wreathed with seaweed red and brown   130
Till human voices wake us, and we drown.

不！我並非哈姆雷特，要當也當不成；
我不過是個侍候親王的貴族，為他們
鋪排一下場面，參加一兩個場子，
進諫一下親王；無非就是個清閒的爪牙，
畢恭畢敬，樂於被派上用場，   115
精明，謹慎，小心翼翼；
滿口高論，反應有點慢；
有時，當然啦，是有點滑稽——
是有時啦，可以算是個弄臣。

我漸漸老去……漸漸老去……   120
我將會穿著捲起褲腳的褲子。

我應該把頭髮往後分嗎？我敢吃桃子嗎？
我會穿條白色法蘭絨長褲，在海灘上漫步。
我已經聽過人魚互相高歌了。

我想他們不會對著我高歌。   125

我已經看過他們向著大海乘浪而去
梳著拂逆而來的白色浪髮
當風把海水吹得陣陣白浪黑濤。

我們一直逗留在大海幽閉的空間裡
海妖們用紅色和褐色海草做成的花環來裝飾   130
一旦我們被人聲喚醒，我們就會被淹沒。

₁₈ meticulous [mə'tɪkjʊləs] (a.) 過分精細的；拘泥的
₁₉ obtuse [əb'tjuːs] (a.) 鈍的
₂₀ flannel ['flænl] (n.) 法蘭絨

雖然這首詩的標題會讓人以為是首情詩，但其實艾略特營造的卻是一種陌生的感覺，和愛情這個主題無關。標題中的人名 Prufrock 也是在影射社會處境，用佛洛伊德的自由聯想來看，有謹慎（prudence）、拘謹（prudishness）的含義。

艾略特還安排意識和分裂的自我之間的獨白，來探討現代社會中人的分裂人格。簡而言之，就是指人類生命走向虛無的意志。這首詩描繪出一幅現代文明的諷刺畫面，當中的人虛度傍晚到黎明的光陰，無所事事而非開創自己的生命或價值。而最重要的一點是，艾略特對經典典故的修辭運用，打開了一個和當時社會互相對照的「客觀」現實。

一開始，說話者就召喚他分裂的自我、疏離的自我形象，這點在現代文明中處處可見——對自己喃喃自語。接著，說話者描繪一個客觀的環境，讓我們明瞭城市生活的乏味與悲哀，並映出人類心理的痛苦和焦慮。在第三個詩節當中，還有一個有趣的象徵。我們在此處可以發現，艾略特如何受到波德萊爾的影響。這些詩句的字裡行間，浮現出對一隻「貓」各個姿態和動作的生動描述。

在第四個詩節當中，艾略特間接提到了馬維爾（Andrew Marvell）的〈致羞怯的情人〉，但他的目的是為了諷刺。在馬維爾的詩中，愛情的追求是崇高的行為，然而此處所說的，卻是出賣靈魂肉體的愛。艾略特藉由這個強烈的對比，毫不留情地表達他對城市風貌中現代生活的批判。他也利用赫西奧德（Hesiod）的田園詩，批判無用且沒有意義的社交手勢（social gesturing）。

接著我們發現，前面所有的敘述，都發生在傍晚到隔天清晨的這段時間。艾略特認為，這段光陰可以虛度，也可用來創造。艾略特表達現代人浪費許多時間在遲疑上。任何的事情，似乎都被猶豫不決給消耗殆盡了。在艾略特看來，猶豫不決的心態是由於，對生命、價值或創造缺乏堅定的信心。

艾略特接著批評,疏離的生活以及現代人把時間花在追求感覺和知覺上的毛病。而生活的乏味和感覺,在螃蟹的意象語中再度出現。擺脫生活的重複乏味似乎不可能,而死亡的陰影又近在咫尺。最後出現一個水的意象語,這裡有兩層意義;一方面,這個意象象徵死亡,再者也有洗淨之意,這兩個意義一體兩面。

在這首詩中可以看出,艾略特所稱詩人的功能,不僅是要指出現代生活的危機,也要提出救贖的解決之道。而他對救贖的見解則是,從基督教精神中尋求實質的援助。

國家圖書館出版品預行編目資料

走進愛情詩界：經典英詩賞讀／Richard Lee
著；胡菁芬譯 -- 初版 . -- [臺北市]：寂天文化，
2014.1 面； 公分 . – 彩色版

ISBN 978-986-318-186-6 (20K 平裝附光碟片)

873.51   102027875

作者	Richard Lee
翻譯	胡菁芬
編輯	歐寶妮
主編	黃鈺云
內文排版	謝青秀
製程管理	宋建文
出版者	寂天文化事業股份有限公司
電話	02-2365-9739
傳真	02-2365-9835
網址	www.icosmos.com.tw
讀者服務	onlineservice@icosmos.com.tw
出版日期	2014 年 1 月　二版一刷　　　200201
郵撥帳號	1998620-0 寂天文化事業股份有限公司 劃撥金額 600（含）元以上者，郵資免費。 訂購金額 600 元以下者，加收 65 元運費。 〔若有破損，請寄回更換〕

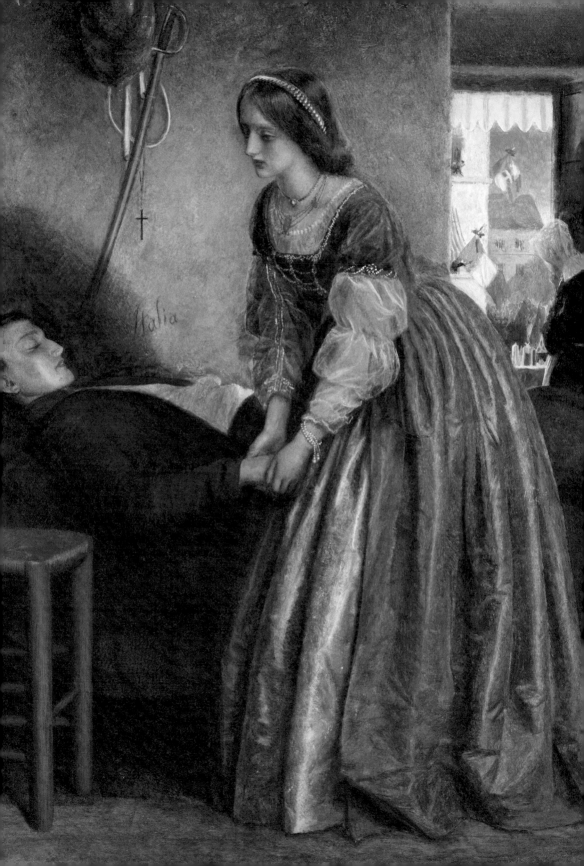